지옥에서 보낸 한철

지옥에서 보낸 한철

아르튀르 랭보

김현 옮김, 황현산 해설

UNE SAISON EN ENFER
Arthur Rimbaud

번역 판본

Poèmes présenté par Paul Claudel(Le livre de poche. 1960)˸ *Une saison en enfer*(Paris: Mercure de France˸ 1946)˸ *Illuminations,* avec introduction et notes par H. De Bouillane de Lacoste(Paris: Mercure De France , 1949); *A Season in Hell and The Drunken Boat,* trans. by Louise Varèse(New Directions, 1961)

차례

1부

운문시

SENSATION

Par les soirs bleus d'été, j'irai dans les sentiers,

Picoté par les blés, fouler l'herbe menue:

Rêveur, j'en sentirai la fraîcheur à mes pieds.

Je laisserai le vent baigner ma tête nue.

Je ne parlerai pas, je ne penserai rien:

Mais l'amour infini me montera dans l'âme,

Et j'irai loin, bien loin, comme un bohémien,

Par la Nature, — heureux comme avec une femme.

감각

여름 야청빛 저녁이면, 들길을 가리라,
밀 잎에 찔리고, 잔풀을 밟으며.
몽상가,[1] 나는 내 발에 그 차가움을 느끼게 하네.
바람은 나의 헐벗은 머리를 씻겨 주겠지.

말도 않고, 생각도 않으리.
그러나[2] 무한한 사랑은 내 넋 속에 피어오르리니,
나는 가리라, 멀리, 저 멀리, 보헤미안처럼,
여인과 함께하듯 행복하게,[3] 자연 속으로.

MA BOHÈME (Fantaisie)

Je m'en allais, les poings dans mes poches crevées;
Mon paletot aussi devenait idéal;
J'allais sous le ciel, Muse! et j'étais ton féal;
Oh! là! là! que d'amours splendides j'ai rêvées!

Mon unique culotte avait un large trou.
— Petit-Poucet rêveur, j'égrenais dans ma course
Des rimes. Mon auberge était à la Grande-Ourse.
— Mes étoiles au ciel avaient un doux frou-frou

Et je les écoutais, assis au bord des routes,
Ces bons soirs de septembre où je sentais des gouttes
De rosée à mon front, comme un vin de vigueur;

Où rimant au milieu des ombres fantastiques,
Comme des lyres, je tirais les élastiques
De mes souliers blessés, un pied près de mon cœur!

나의 보헤미안(몽상)

나는 걷고 있었지, 터진 주머니에 손 집어넣고,
짤막한 외투는 그래서 관념적이게 되었지,[4]
나는 하늘 아래 나아갔고, 뮤즈여! 그대의 충복이었네,
오, 랄라![5] 난 얼마나 많은 사랑을 꿈꾸었는가!

내 단벌 바지에는 커다란 구멍이 났지.
— 꿈꾸는 엄지동자인지라, 운행 중에 각운들을
하나씩 떨어뜨렸지.[6] 내 여인숙은 큰곰자리에 있었고.[7]
— 하늘에선 내 별들이 부드럽게 스치는 소리가 났지.

그래서 나는 길가에 앉아 별들의 살랑거림에 귀
기울였지,
그 멋진 9월의 밤에,[8] 이슬방울을
원기 돋우는 와인처럼 이마에 느끼면서,

환상적인 그림자들 사이에서 운을 맞추고,
한 발을 내 심장 가까이 올린 채,
터진 구두의 끈을 리라 타듯 잡아당기면서![9]

VOYELLES

A noir, E blanc, I rouge, U vert, O bleu: voyelles,
Je dirai quelque jour vos naissances latentes:
A, noir corset velu des mouches éclatantes
Qui bombinent autour des puanteurs cruelles,

Golfes d'ombre; E, candeurs des vapeurs et des tentes,
Lances des glaciers fiers, rois blancs, frissons d'ombelles;
I, pourpres, sang craché, rire des lèvres belles
Dans la colère ou les ivresses pénitentes;

U, cycles, vibrements divins des mers virides,
Paix des pâtis semés d'animaux, paix des rides
Que l'alchimie imprime aux grands fronts studieux;

O, suprême Clairon plein des strideurs étranges,
Silences traversés des Mondes et des Anges:
—— O l'Oméga, rayon violet de Ses Yeux!

모음

검은 A, 흰 E, 붉은 I, 푸른 U, 파란 O: 모음들이여,
언젠가는 너희들의 보이지 않는[10] 탄생을 말하리라.
A, 지독한 악취 주위에서 윙윙거리는
터질 듯한 파리들의 검은 코르셋,

어둠의 만(灣)[11]; E, 기선과 천막의 순백(純白),[12]
창 모양의 당당한 빙하들, 하얀 왕들,[13] 산형화[14]들의
살랑거림. 전율.
I, 보랏빛, 자주조개들,[15] 토한 피, 분노나
회개의 도취경 속에서 웃는 아름다운 입술.

U, 순환주기들, 초록 바다의 신성한 일렁임,[16]
동물들이 흩어져 있는 방목장의 평화, 연금술사의
커다란 학구적인 이마에 새겨진 주름살의 평화.

O, 이상한 금속성 소리로 가득 찬 최후의[17] 나팔,
여러 세계들과 천사들이 가로지르는 침묵,[18]
— 오, 오메가여,[19] 그녀 눈의 보랏빛 테두리여![20]

2부

지옥에서 보낸 한철

UNE SAISON EN ENFER

Jadis, si je me souviens bien, ma vie était un festin où s'ouvraient tous les cœurs, où tous les vins coulaient.

Un soir, j'ai assis la Beauté sur mes genoux. — Et je l'ai trouvée amère. — Et je l'ai injuriée.

Je me suis armé contre la justice.

Je me suis enfui. Ô sorcières, ô misere, ô haine, c'est à vous que mon trésor a été confié!

Je parvins à faire s'évanouir dans mon esprit toute l'espérance humaine. Sur toute joie pour l'étrangler j'ai fait le bond sourd de la bête féroce.

J'ai appelé les bourreaux pour, en périssant, mordre la crosse de leurs fusils. J'ai appelé les fléaux, pour m'étouffer avec le sable, le sang. Le malheur a été mon dieu. Je me suis allongé dans la boue. Je me suis séché à l'air du crime. Et j'ai joué de bons tours à la folie.

Et le printemps m'a apporté l'affreux rire de l'idiot.

Or, tout dernièrement m'étant trouvé sur le point de faire le dernier couac! j'ai songé à rechercher la clef du festin ancien, où je reprendrais peut-être appétit.

La charité est cette clef. — Cette inspiration prouve que j'ai rêvé!

《Tu resteras hyène, etc...》, se récrie le démon qui me

지옥에서 보낸 한철
── 서시

예전에, 내 기억이 정확하다면, 나의 삶은 모든 사람들이 가슴을 열고 온갖 술이 흐르는 축제였다.

어느 날 저녁, 나는 무릎에 아름다움을 앉혔다. ─ 그런데 가만히 보니 그녀는 맛이 썼다. ─ 그래서 욕설을 퍼부어 주었다.

나는 정의[21]에 대항했다.

나는 도망쳤다. 오 마녀들[22]이여, 오 비참이여, 오 증오여, 내 보물은 바로 너희들에게 맡겨졌다.

나는 마침내 나의 정신 속에서 인간적 희망을 온통 사라지게 만들었다. 인간적 희망의 목을 조르는 완전한 기쁨에 겨워, 나는 사나운 짐승처럼 음험하게 날뛰었다.

나는 사형 집행인들을 불러들여, 죽어 가면서, 그들의 총 개머리판을 물어뜯었다. 나는 재앙을 불러들였고, 그리하여 모래와 피로 숨이 막혔다. 불행은 나의 신이었다. 나는 진창 속에 길게 쓰러졌다. 나는 범죄의 공기에 몸을 말렸다. 그러고는 광적으로 못된 곡예를 했다.[23]

그리하여 봄은 나에게 백치의 끔찍한 웃음을 일으켰다.

그런 중에, 아주 최근에 하마터면 마지막 불협화음을 낼 뻔했을 때,[24] 나는 옛 축제의 열쇠를 찾으려고 마음먹었다. 거기에서라면 아마 욕구가 다시 생겨날 것이다.

자비가 그 열쇠이다. 이런 발상을 하다니, 나는 꿈꾸어 왔나 보다.[25]

couronna de si aimables pavots. 《Gagne la mort avec tous tes appétits, et ton égoïsme et tous les péchés capitaux.》

Ah! j'en ai trop pris: —— Mais, cher Satan, je vous en conjure, une prunelle moins irritée! et en attendant les quelques petites lâchetés en retard, vous qui aimez dans l'écrivain l'absence des facultés descriptives ou instructives, je vous détache ces quelques hideux feuillets de mon carnet de damné.

"너는 언제까지나 하이에나이리라 등등……", 그토록
멋진 양귀비꽃으로 나에게 화관을 씌워 준 악마가 소리
지른다. "너의 모든 욕구들, 너의 이기심, 그리고 너의 큰
죄업들로 죽음을 얻어라."

　아! 나는 그것들을 실컷 맞이했다. 하지만, 친애하는
사탄이여, 간청하노니, 눈동자에서 화를 거두시라! 그래서
나는 뒤늦게 몇몇 하찮은 비열한 짓을 기다리면서,
글쟁이에게서 묘사하거나 훈계하는 역량의 부재를 사랑하는
당신을 위해, 내 악마에 들린 자의 수첩에서 이 흉측스러운
몇 장을 뜯어내 덧붙인다.

MAUVAIS SANG

J'ai de mes ancêtres gaulois l'œil bleu blanc, la cervelle étroite, et la maladresse dans la lutte. Je trouve mon habillement aussi barbare que le leur. Mais je ne beurre pas ma chevelure.

Les Gaulois étaient les écorcheurs de bêtes, les brûleurs d'herbes les plus ineptes de leur temps.

D'eux, j'ai: l'idolâtrie et l'amour du sacrilège; — oh! tous les vices, colère, luxure, — magnifique, la luxure; — surtout mensonge et paresse.

J'ai horreur de tous les métiers. Maîtres et ouvriers, tous paysans, ignobles. La main à plume vaut la main à charrue. — Quel siècle à mains! — Je n'aurai jamais ma main. Après, la domesticité mène trop loin. L'honnêteté de la mendicité me navre. Les criminels dégoûtent comme des châtrés: moi, je suis intact, et ça m'est égal.

Mais! qui a fait ma langue perfide tellement, qu'elle ait guidé et sauvegardé jusqu'ici ma paresse? Sans me servir pour vivre même de mon corps, et plus oisif que la crapaud, j'ai vécu partout. Pas une famille d'Europe que je ne connaisse. — J'entends des familles comme la mienne, qui tiennent tout de la déclaration des Droits de l'Homme. — J'ai connu chaque fils de famille!

나쁜 피

나는 내 갈리아 선조들로부터 푸르고 흰 눈과, 좁은
두개골과, 싸움에 미숙한 점을 물려받았다. 내 옷차림은
그들의 옷차림만큼 야만스럽다. 그러나 나는 머리카락에
버터를 바르지는 않는다.

갈리아 사람들은 그 시대의 가장 무능한, 짐승 가죽을
벗기는 자들, 풀을 태우는 자들이었다.

그들로부터, 나는 얻었다. 우상숭배와 신성모독에
대한 사랑을. 오! 모든 악덕, 분노, 음란 — 훌륭하도다,
음란은 — 특히 거짓과 게으름을.

나는 모든 직업을 무서워한다. 주인과 노동자들, 모두
촌스럽고 상스럽다. 펜을 쥔 손은 쟁기를 잡은 손과 비길
만하다. — 굉장한 손들의 세기로다! — 나는 결코 손을
갖지 않으리라. 나중에, 하인 근성은 너무나 달갑지 않은
결과를 가져온다. 거지의 정직은 나를 난처하게 한다.
죄인들은 거세된 자들처럼 혐오감을 불러일으킨다. 나는
아무런 손때를 입지 않았다. 그건 아무래도 좋다.

하지만! 누가 이렇게 내 배신의 혀를 만들어, 그 혀로
하여금 나의 게으름을 안내하고 수호하게 했는가? 살기 위해
내 몸조차 이용하지 않고, 두꺼비보다 더 한가롭게, 나는
도처에서 살았다. 내가 모르는 유럽의 가족은 하나도 없다.

— 나는 여러 가족들을 내 가족처럼 이해한다. 그들은
「인권 선언」으로부터 모든 것을 얻는다. — 나는 각 명문가

Si j'avais des antécédents à un point quelconque de l'histoire de France!

Mais non, rien.

Il m'est bien évident que j'ai toujours été race inférieure. Je ne puis comprendre la révolte. Ma race ne se souleva jamais que pour piller: tels les loups à la bête qu'ils n'ont pas tuée.

Je me rappelle l'histoire de la France fille aînée de l'Église. J'aurais fait, manant, le voyage de terre sainte; j'ai dans la tête des routes dans les plaines souabes, des vues de Byzance, des remparts de Solyme; le culte de Marie, l'attendrissement sur le crucifié s'éveillent en moi parmi mille féeries profanes. — Je suis assis, lépreux, sur les pots cassés et les orties, au pied d'un mur rongé par le soleil. — Plus tard, reître, j'aurais bivaqué sous les nuits d'Allemagne.

Ah! encore: je danse le sabbat dans une rouge clairière, avec des vieilles et des enfants.

Je ne me souviens pas plus loin que cette terre-ci et le christianisme. Je n'en finirais pas de me revoir dans ce passé. Mais toujours seul; sans famille; même, quelle langue

자제를 알았다.

───────────────

프랑스 역사의 어느 시점에 선지자들이 있었으면![26]
아니야, 전혀 없어.
내가 언제나 열등한 종족이었다는 것은 너무나 분명하다.
나는 항거를 이해할 수 없다.[27] 내 종족은 약탈하기
위해서만 봉기했다. 늑대들이 스스로 죽이지 못한 짐승에
대해 그렇게 하듯이.
나는 교회의 맏딸 프랑스의 역사를 기억하고 있다.
시골뜨기인 나도 하마터면 성스러운 땅을 여행할 뻔했다.
내 머릿속에는 슈바벤 평원의 길들, 비잔틴의 풍경들,
예루살렘[28]의 성벽이 박혀 있다. 마리아 숭배, 십자가에 못
박힌 자에 대한 감동이 많은 세속적 선경(仙境)들과 함께
내 속에서 깨어난다. 나는 태양이 갉아먹은 벽의 발치에서,
깨진 항아리들과 쐐기풀 숲 위에 문둥이로 앉아 있다. 후일,
나는 프랑스의 용병이던 독일 기병으로 야영했을 텐데.
아! 여전히. 나는 숲 속 빈 터의 마녀 집회에서, 노파들과
아이들 사이에 끼어 춤춘다.
나는 이 땅과 기독교보다 더 먼 옛날을 기억하지
못한다. 나는 한없이 그 과거 속에서 나를 다시 볼 것이다.

parlais-je? Je ne me vois jamais dans les conseils du Christ; ni dans les conseils des Seigneurs, —— représentants du Christ.

Qu'étais-je au siècle dernier: je ne me retrouve qu'aujourd'hui. Plus de vagabonds, plus de guerres vagues. La race inférieure a tout couvert — le peuple, comme on dit, la raison; la nation et la science.

Oh! la science! Oh a tout repris. Pour le corps et pour l'âme, — le viatique, — on a la médecine et la philosophie, — les remèdes de bonnes femmes et les chansons populaires arrangées. Et les divertissements des princes et les jeux qu'ils interdisaient! Géographie, cosmographie, mécanique, chimie!...

La science, la nouvelle noblesse! Le progrès. Le monde marche! Pourquoi ne tournerait-il pas?

C'est la vision des nombres. Nous allons à *l'Esprit*. C'est très-certain, c'est oracle, ce que je dis. Je comprends, et ne sachant m'expliquer sans paroles païennes, je voudrais me taire.

———————————

그러나 늘 혼자다. 가족도 없다. 심지어, 나는 어떤 언어를 말했는가? 나는 그리스도의 권고에서는 결코 나를 보지 못한다. 그리스도의 대리인인 영주들의 조언에서도.

지난 세기에 나는 무엇이었는가. 나는 오늘에서야 나를 되찾는다. 유랑자들도 없고, 어정쩡한 전쟁도 없다. 열등한 종족이 모든 것을 담당했다. 인민을, 이른바 이성을, 나라와 과학을.

오! 과학이여! 오 모든 것이 수정되었다. 육체를 위해 그리고 영혼을 위해 — 영혼의 길참 — 의학과 철학이 있다 — 민간약과 편곡된 민요들.[29] 그리고 제후들의 오락과 그들이 금지한 놀이들! 지리학, 우주 형상학, 역학, 화학! ......[30]

과학, 새로운 위엄! 진보. 세계는 나아간다! 무엇 때문에 세계가 바뀌지 않을 것인가?

이것은 수에 관한 직관이다. 우리는 '성령'[31]에게로 간다. 내가 말하고 있는 것, 이것은 매우 확실하다, 이것은 신탁이다. 나는 이해한다. 하여 나는 이교의 말 없이는 해명할 수 없으므로, 차라리 침묵하고 싶다.

이교의 피가 되살아난다! 성령은 가까운데, 그리스도는 왜 나를 돕지 않는가, 왜 내 영혼에 위엄과 자유를 주지

Le sang païen revient! L'Esprit est proche, pourquoi Christ
ne m'aide-t-il pas, en donnant à mon âme noblesse et liberté.
Hélas! l'Évangile a passé! l'Évangile! l'Évangile.

J'attends Dieu avec gourmandise. Je suis de race inférieure
de toute éternité.

Me voici sur la plage armoricaine. Que les villes s'allument
dans le soir. Ma journée est faite; je quitte l'Europe. L'air marin
brûlera mes poumons; les climats perdus me tanneront. Nager,
broyer l'herbe, chasser, fumer surtout; boire des liqueurs fortes
comme du métal bouillant, —— comme faisaient ces chers
ancêtres autour des feux.

Je reviendrai, avec des membres de fer, la peau sombre, l'œil
furieux: sur mon masque, on me jugera d'une race forte. J'aurai
de l'or: je serai oisif et brutal. Les femmes soignent ces féroces
infirmes retour des pays chauds. Je serai mêlé aux affaires
politiques. Sauvé.

Maintenant je suis maudit, j'ai horreur de la patrie. Le
meilleur, c'est un sommeil bien ivre, sur la grève.

———————————

On ne part pas. —— Reprenons les chemins d'ici, chargé de

않는가! 아 슬프다!³²⁾ 복음서는 지나갔다! 복음서! 복음서.

나는 게걸스럽게 신을 기다린다. 나는 아주 옛날부터 열등 종족에 속해 있다.

나는 지금 아르모리크³³⁾ 해변에 있다. 저녁이어서 도시들이 등불로 환하다. 나의 하루가 다 지나갔다. 나는 유럽을 떠난다. 바다 공기가 내 양쪽 허파를 얼얼하게 할 것이다. 외진 고장들이라 나를 성가시게 할 것이다. 헤엄치기, 풀 씹기, 특히 담배 피우기, 끓는 금속 같은 센 술 마시기, 그 정다운 조상들이 모닥불 주위에서 그랬듯이.

나는 돌아올 것이다. 강철의 사지와 새까만 피부와 격렬한 눈으로. 내 용모를 보고 사람들은 나를 강한 종족의 사람으로 판단하겠지. 나는 금을 소유할 것이다. 그래서 나는 한가롭고 난폭할 것이다. 여인들은 더운 나라에서 돌아온 이 사나운 병약자들을 돌본다. 나는 정치 문제에 개입할 것이다. 구원을 받을 것이다.

지금은 저주받은 몸이다. 나는 조국이 무섭다. 가장 좋은 것은, 잔뜩 취해 해변 모래판에서 자는 잠이다.

———————————

나는 떠나지 않는다.³⁴⁾ 내 악덕으로 덮인 이곳의 길을 다시 가자. 철들 무렵부터 내 곁에 고통의 뿌리를

mon vice, le vice qui a poussé ses racines de souffrance à mon

côté, dès l'âge de raison — qui monte au ciel, me bat, me

renverse, me traîne.

La dernière innocence et la dernière timidité C'est dit. Ne

pas porter au monde mes dégoûts et mes trahisons.

Allons! La marche, le fardeau, le désert, l'ennui et la colère.

À qui me louer? Quelle bête faut-il adorer? Quelle sainte

image attaque-t-on? Quels cœurs briserai-je? Quel mensonge

dois-je tenir? — Dans quel sang marcher?

Plutôt, se garder de la justice. — La vie dure,

l'abrutissement simple, — soulever, le poing desséché, le

couvercle du cercueil, s'asseoir, s'étouffer. Ainsi point de

vieillesse, ni de dangers: la terreur n'est pas française.

— Ah! je suis tellement délaissé que j'offre à n'importe

quelle divine image des élans vers la perfection.

Ô mon abnégation, ô ma charité merveilleuse! ici-bas,

pourtant!

De profundis Domine, suis-je bête!

Encore tout enfant, j'admirais le forçat intraitable sur qui se

내밀었으며, ─ 하늘로 올라가고, 나를 때리고, 나를 뒤엎고, 나를 끌고 가는 악덕.[35]

마지막 순진함과 최후의 소심함. 이것은 이미 말했다. 나의 거부감과 배신감을 세계에 가하지 않기.

가자! 행렬, 짐, 사막, 권태와 분노.[36]

누구에게 나를 세놓을까? 어떤 짐승을 숭배해야 할까? 어떤 성상(聖像)을 공격할까? 어떤 가슴들을 상하게 할까? 어떤 거짓을 품어야 할까? 어떤 유혈 속으로 걸어가야 할까?[37]

오히려, 정의를 경계할 것. ─ 힘겨운 삶과 그저 멍한 상태. ─ 말라빠진 주먹으로 관 뚜껑을 열고 앉아 숨막히게 할 것. 그러면 노쇠도 위험도 없다.[38] 공포는 프랑스적이지 않다.

─ 아! 나는 이토록 버림받아, 어떤 신의 영상에게나 완벽을 향한 도약을 봉헌한다.

오 나의 헌신이여, 오 나의 경이로운 자비여! 그렇지만, 이 세상에!(39)

'심연으로부터 주여', 나는 바보이다.[40]

아직 어렸을 때, 나는 수시로 도형장에 갇히는 완악한 도형수를 찬양했다. 하여 그의 체류로 말미암아 축성(祝聖)되었을 주막과 곳간들을 찾아다녔다. 나는 파란

referme toujours le bagne; je visitais les auberges et les garnis qu'il aurait sacrés par son séjour; je voyais *avec son idée* le ciel bleu et le travail fleuri de la campagne; je flairais sa fatalité dans les villes. Il avait plus de force qu'un saint, plus de bon sens qu'un voyageur — et lui, lui seul! pour témoin de sa gloire et de sa raison.

Sur les routes, pas des nuits d'hiver, sans gîte, sans habits, sans pain, une voix étreignait mon cœur gelé: 《Faiblesse ou force: te voilà c'est la force. Tu ne sais ni où tu vas ni pourquoi tu vas, entre partout, réponds à tout. On ne te tuera pas plus que si tu étais cadavre.》 Au matin j'avais le regard si perdu et la contenance si morte, que ceux que j'ai rencontrés *ne m'ont peut-être pas vu.*

Dans les villes la boue m'apparaissait soudainement rouge et noire, comme une glace quand la lampe circule dans la chambre voisine, comme un trésor dans la forêt! Bonne chance, criais-je, et je voyais une mer de flammes et fumée au ciel; et, à gauche, à droite, toutes les richesses flambant comme un milliard de tonnerres.

Mais l'orgie et la camaraderie des femmes m'étaient interdites. Pas même un compagnon. Je me voyais devant une foule exaspérée, en face du peloton d'exécution,

하늘과 들판의 꽃피는 변형을 '그의 생각'으로 바라보았다.
나는 도시들에서 그의 숙명을 냄새 맡았다. 그에게는
성자보다 많은 힘과 여행자보다 많은 양식이 있었다. 하여
오직 그만이! 그의 영광과 이성의 증인이었다.

　길에서, 겨울밤에,[41] 숙소도 옷도 빵도 없는데, 한
목소리가 내 얼어붙은 가슴을 껴안았다: "약함 또는 힘. 너
거기 있구나. 힘이로다. 너는 네가 어디로 가는지, 왜 가는지
모른다. 너는 아무 데나 들어가고 모든 것에 대답한다.
사람들은 네가 시체일 때와 마찬가지로 너를 죽이지 못할
것이다." 아침에 나의 눈초리는 너무나 멍하고 거동은
너무나 활기가 없어서, 내가 마주친 이들이 '필시 나를
알아보지 못했을 것이다.'

　도시들에서는 진창이 갑자기 붉고 검게 보였다. 이웃
방에서 등불이 돌 때의 창유리처럼, 숲 속의 보물처럼!
좋은 기회라고 나는 외쳤다. 나는 하늘에서 불꽃과 연기의
바다를 보았다. 그리고, 왼쪽에서, 오른쪽에서, 무수한
천둥처럼 온갖 풍요가 타오르고 있었다.[42]

　그러나 주연(酒宴)과 여자들의 우정은 나에게 금지되었다.
심지어 동행도. 나는 흥분한 군중 앞에서, 총살 집행반을
바라보고 있었다. 그들이 이해할 수 없을 불행을 슬퍼하고
용서하면서! ─ 잔 다르크처럼! ─ "사제, 교수, 선생들이여,
당신들은 나를 잘못 생각하여 나를 재판에 넘기는구나.

pleurant du malheur qu'ils n'aient pu comprendre, et pardonnant! — Comme Jeanne d'Arc! — 《Prêtres, professeurs, maîtres, vous vous trompez en me livrant à la justice. Je n'ai jamais été de ce peuple-ci; je n'ai jamais été chrétien; je suis de la race qui chantait dans le supplice; je ne comprends pas les lois; je n'ai pas le sens moral, je suis une brute: vous vous trompez...》

Oui, j'ai les yeux fermés à votre lumière. Je suis une bête, un nègre. Mais je puis être sauvé. Vous êtes de faux nègre, vous maniaques, féroces, avares. Marchand, tu es nègre; magistrat, tu es nègre; général, tu es nègre; empereur, vieille démangeaison, tu es nègre: tu as bu d'une liqueur non taxée, de la fabrique de Satan. — Ce peuple est inspiré par la fièvre et le cancer. Infirmes et vieillards sont tellement respectables qu'ils demandent à être bouillis. — Le plus malin est de quitter ce continent, où la folie rôde pour pourvoir d'otages ces misérables. J'entre au vrai royaume des enfants de Cham.

Connais-je encore la nature? me connais-je? — *Plus de mots.* J'ensevelis les morts dans mon ventre. Cris, tambour, danse, danse, danse, danse! Je ne vois même pas l'heure où, les blancs débrquant, je tomberai au néant.

32

나는 결코 이런 사람들에게 속하지 않았다. 나는 기독교도가 아니었다. 나는 체형(體刑)을 받으면서 노래하는 종속이다. 나는 법을 이해하지 못한다. 나에게는 도덕감각이 없다. 나는 짐승 같은 사람이다. 당신들은 잘못 생각하고 있다……."

그렇다, 나의 눈은 당신들의 빛[43])을 받아 감긴다. 나는 짐승이다. 흑인이다. 그러나 나는 구원받을 수 있다. 당신들은 가짜 흑인, 당신들은 미치광이, 무자비하고 탐욕스럽다. 상인이여, 그대는 흑인이다. 관리여, 그대는 흑인이다. 장군이여, 그대는 흑인이다.[44]) 황제여, 늙은 가려움이여,[45]) 그대는 흑인이다. 그대는 사탄의 공장에서 생산된 세금이 붙지 않은 술을 마셔 왔다. ─ 이 민중은 열병과 암에 고취되어 있다. 병약자와 노인들은 스스로 끓여지기를 요구할 정도로 존경할 만하다.[46]) ─ 가장 약삭빠른 것은 이 한심한 자들에게 볼모를 마련해 주려고 광기가 횡행하는 이 대륙을 떠나는 것이다. 나는 함[47])의 자손의 진정한 왕국에 들어간다.

나는 아직도 자연을 아는가? 나는 나 자신을 아는가? '유구무언.'[48]) 나는 죽은 자들을 내 뱃속에 묻는다.[49]) 외침, 북, 춤, 춤, 춤, 춤! 나는 백인들이 상륙하여 내가 무(無)로 떨어질 시간을 알아차리지도 못한다.

굶주림, 목마름, 외침, 춤, 춤, 춤, 춤!

Faim, soif, cris, danse, danse, danse, danse!

Les blancs débarquant. Le canon! Il faut se soumettre au
baptême, s'habiller, travailler.
J'ai reçu au cœur le coup de la grâce. Ah! je ne l'avais pas
prévu!
Je n'ai point fait le mal. Les jours vont m'être légers, le
repentir me sera épargné. Je n'aurai pas eu les tourments de
l'âme presque morte au bien, où remonte la lumière sévère
comme les cierges funéraires. Le sort du fils de famille,
cercueil prématuré couvert de limpides larmes. Sans doute la
débauche est bête, le vice est bête; il faut jeter la pourriture à
l'écart. Mais l'horloge ne sera pas arrivée à ne plus sonner
que l'heure de la pure douleur! Vais-je être enlevé comme un
enfant, pour jouer au paradis dans l'oubli de tout le
malheur!
Vite! est-il d'autres vies? — Le sommeil dans la richesse
est impossible. La richesse a toujours été bien public.
L'amour divin seul octroie les clefs de la science. Je vois que
la nature n'est qu'un spectacle de bonté. Adieu chimères,

백인들이 상륙한다. 대포! 세례(洗禮)를 받고, 옷을 입고, 일해야 한다.

나는 가슴에 은총의 타격을 받았다. 아! 나는 그것을 예견하지 못했다![50]

나는 악을 행하지 않았다. 나에게 나날들은 경쾌할 것이고, 회개는 면제될 것이다. 나는 재산을 가진 거의 죽은 영혼의 고통을 받지 않을 것이다. 그 영혼 속에서는 혹독한 빛이 장례식의 양초처럼 다시 올라온다. 명문가 자제의 운명, 투명한 눈물로 덮인 요절의 관. 틀림없이 방탕은 어리석다. 악덕은 어리석다. 썩은 부분은 멀리 던져버려야 한다. 그러나 시계가 마침내 순수한 고통의 시간만을 울리게 되지는 않을 것이다. 내가 어린아이처럼 안아 올려져,[51] 불행을 모두 잊어버리고 낙원에서 놀게 될 것인가!

빨리! 다른 삶들도 있는가? 부(富) 속에서의 잠은 불가능하다. 부는 언제나 실로 공중(公衆)의 속성이었다. 신적인 사랑만이 과학의 열쇠를 수여한다. 나는 자연이 선의의 광경일 뿐이라는 것을 알고 있다. 공상이여, 이상이여, 오류여, 안녕.

천사들의 이성적인 노래가 구호선(救護船)에서 일어난다. 이것은 신의 사랑이다. 두 가지 사랑! 나는 지상의 사랑으로

idéals, erreurs.

Le chant raisonnable des anges s'élève du navire sauveur: c'est l'amour divin. — Deux amours! je puis mourir de l'amour terrestre, mourir de dévouement. J'ai laissé des âmes dont la peine s'accroîtra de mon départ! Vous me choisissez parmi les naufragés; ceux qui restent sont-ils pas mes amis? Sauvez-les!

La raison m'est née. Le monde est bon. Je bénirai la vie. J'aimerai mes frères. Ce ne sont plus des promesses d'enfance. Ni l'espoir d'échapper à la vieillesse et à la mort. Dieu fait ma force, et je loue Dieu.

———————————

L'ennui n'est plus mon amour. Les rages, les débauches, la folie, dont je sais tous les élans et les désastres, — tout mon fardeau est déposé Apprécions sans vertige l'étendue de mon innocence.

Je ne serais plus capable de demander le réconfort d'une baston nade. Je ne me crois pas embarqué pour une noce avec Jésus-Christ pour beau-père.

Je ne suis pas prisonnier de ma raison. J'ai dit: Dieu. Je veux

죽을 수도, 헌신으로 죽을 수도 있다. 나는 나의 출발로
고통이 가중될 사람들을 남겨 놓았다!⁵²⁾ 당신은 조난자들
사이에서 나를 선택했다. 남아 있는 이들은 나의 친구들이
아닌가?

그들을 구원하라!

나에게 이성이 생겨났다. 세계는 선하다. 나는 삶을
축복하리라. 내 형제들을 사랑하리라. 이것은 더 이상 유년
시절의 약속이 아니다. 노쇠와 죽음에서 벗어날 희망도
아니다. 신이 나에게 주었으니, 나는 신을 찬양한다.

권태는 더 이상 내 사랑이 아니다.⁵³⁾ 분개, 방탕, 광기,
이것들의 모든 충동과 참담한 결과들을 나는 알고 있다.
나의 짐 전부⁵⁴⁾가 벗겨진다. 현기증 느끼지 말고 내
순진함의 범위를 인정하자.

나는 이제 몽둥이 타작의 격려를 더 이상 요구할 수
없을 것이다. 나는 내가 의붓아버지 노릇을 하는 예수
그리스도와의 결혼 때문에 승선했다고 생각하지 않는다.

나는 내 이성의 수인(囚人)이 아니다. 나는 말했다: 하느님.
나는 구원 속에서도 자유를 원합니다. 어떻게 자유를
추구할 것인가? 사소한 취미들은 나를 떠났다. 헌신도 신의

la liberté dans le salut: comment la poursuivre? Les goûts frivoles m'ont quitté. Plus besoin de dévouement ni d'amour divin. Je ne regrette pas le siècle des cœurs sensibles. Chacun a sa raison, mépris et charité: je retiens ma place au sommet de cette angélique échelle de bon sens.

Quant au bonheur établi, domestique ou non... non, je ne peux pas. Je suis trop dissipé, trop faible. La vie fleurit par le travail, vieille vérité: moi, ma vie n'est pas assez pesante, elle s'envole et flotte loin au-dessus de l'action, ce cher point du monde.

Comme je deviens vieille fille, à manquer du courage d'aimer la mort!

Si Dieu m'accordait le calme céleste, aérien, la prière, —— comme les anciens saints. —— Les saints! des forts! les anachorètes, des artistes comme il n'en faut plus!

Farce continuelle! Mon innocence me ferait pleurer. La vie est la farce à mener par tous.

––––––––––

Assez! voici la punition. —— *En marche!*

Ah! les poumons brûlent, les tempes grondent! la nuit roule

사랑도 더 이상 필요없다. 나는 다정다감한 가슴의 세기를 아쉬워하지 않는다. 각자 자신의 이성, 경멸과 자비를 지니고 있다. 하여 나는 저 천사 같은 양식의 사닥다리 꼭대기에 내 자리를 잡아 놓는다.

가정의 또는 비(非)…… 아니다, 확립된 행복으로 말하자면, 나는 할 수 없다. 나는 너무 산만하고, 너무 약하다. 삶은 일에 의해 꽃핀다. 해묵은 진리이다. 나, 나의 삶은 충분히 묵직하지 않아서, 날아가 버리고 행동, 곧 세계의 그 귀중한 항목 위로 멀리 떠다닌다.

내가 죽음을 사랑할 용기도 없는 노처녀가 되다니!

만일 신이 나에게 천상의, 공중의 고요를, 기도를 허락한다면 — 옛 성자들처럼. — 더 이상 필요없는 성자들! 강자들, 은자들, 예술가들![55]

계속되는 소극(笑劇)! 나의 순진함은 나를 눈물짓게 할 것이다. 삶은 모든 이가 공연하는 소극이다.

———————————————

충분하다! 자 벌이다. '앞으로 갓!'

아! 허파가 불타고, 관자놀이가 울부짖는다! 밤이 내 눈 속에서 구른다, 태양으로 말미암아![56] 가슴…… 사지……

모두들 어디로 가는가? 싸움터로? 나는 약하다! 다른

dans mes yeux, par ce soleil! le coeur... les membres...

Où va-t-on? au combat? Je suis faible! les autres avancent.
Les outils, les armes... le temps!...

Feu! feu sur moi! Là! ou je me rends. —— Lâches! —— Je me
tue! Je me jette aux pieds des chevaux!

Ah!...

—— Je m'y habituerai.

Ce serait la vie française, le sentier de l'honneur!

이들은 나아간다. 도구들, 무기들…… 시간!……

발사! 나를 향해 발사! 자! 또는 내가 항복한다.

— 겁쟁이들! — 나는 자살한다! 나는 말들의 발치에 몸을 던진다!

아!……

— 나는 익숙해질 것이다.

이것이 프랑스의 삶, 영광의 오솔길일 것이다!

NUIT DE L'ENFER

J'ai avalé une fameuse gorgée de poison. —— Trois fois béni soit le conseil qui m'est arrivé! —— Les entrailles me brûlent. La violence du venin tord mes membres, me rend difforme, me terrasse. Je meurs de soif, j'étouffe, je ne puis crier. C'est l'enfer, l'éternelle peine! Voyez comme le feu se relève! Je brûle comme il faut. Va, démon!

J'avais entrevu la conversion au bien et au bonheur, le salut. Puis-je décrire la vision, l'air de l'enfer ne souffre pas les hymnes! C'était des millions de créatures charmantes, un suave concert spirituel, la force et la paix, les nobles ambitions, que sais-je?

Les nobles ambitions!

Et c'est encore la vie! —— Si la damnation est éternelle! Un homme qui veut se mutiler est bien damné, n'est-ce-pas? Je me crois en enfer, donc j'y suis. C'est l'exécution du catéchisme. Je suis esclave de mon baptême. Parents, vous avez fait mon malheur et vous avez fait le vôtre. Pauvre innocent! —— L'enfer ne peut attaquer les païens. —— C'est la vie encore! Plus tard, les délices de la damnation seront plus profondes. Un crime, vite, que je tombe au néant, de par la loi humaine.

Tais-toi, mais tais-toi!... C'est la honte, le reproche, ici: Satan qui dit que le feu est ignoble, que ma colère est affreusement

지옥의 밤

나는 지독한 한 모금의 독을 꿀걱 삼켰다.[57] ── 나에게
다다른 충고여 세 번 축복받으라! ── 나의 내장이
타는 듯하다. 독액의 격렬함이 내 사지를 뒤틀고, 나를
일그러뜨리고, 나를 넘어뜨린다. 목이 말라 죽겠다. 숨이
막힌다. 소리를 지를 수도 없다. 지옥이다, 영원한 고통이다!
불길이 어떻게 일어나는지 보라! 나는 더 말할 나위 없이
타오른다. 자, 악마여!

나는 선과 행복으로의 개심(改心), 구원을 막연하게
예감했었다. 내가 그 통찰을 묘사할 수 있을까, 지옥의
공기는 성가(聖歌)를 허용하지 않는다! 그것은 수백만 개의
매혹적인 인간들, 감미로운 영성 음악회, 권세와 평화,
고귀한 야망들, 기타 등등.

고귀한 야망들!

그런데 그것 역시 삶이다! 천벌은 얼마나 영원한지!
자신의 팔다리를 자르려 하는 사람은 저주받을 것이다.
그렇지 않은가? 나는 내가 지옥에 있다고 믿는다, 그러므로
나는 지옥에 있다. 이것이 교리문답의 실행이다. 나는 내
세례의 노예이다. 부모여, 당신들은 나의 불행을 초래했고
당신들의 불행도 불러왔다. 불쌍한 아이! ── 지옥은
이교도들을 공격할 수 없다. ── 이것 역시 인생이다! 더
늦을수록, 저주의 더없는 즐거움은 더욱 깊을 것이다. 범죄,
빨리, 인간의 법으로 인해 내가 무(無)로 전락하기를.

sotte. —— Assez!... Des erreurs qu'on me souffle, magies, parfums faux, musiques puériles. —— Et dire que je tiens la vérité, que je vois la justice: j'ai un jugement sain et arrêté, je suis prêt pour la perfection... Orgueil. —— La peau de ma tête se dessèche. Pitié! Seigneur, j'ai peur. J'ai soif, si soif! Ah! l'enfance, l'herbe, la pluie, le lac sur les pierres, *le clair de lune quand le clocher sonnait douze...* le diable est au clocher, à cette heure. Marie! Sainte-Vierge!... —— Horreur de ma bêtise.

Là-bas, ne sont-ce pas des âmes honnêtes, qui me veulent du bien... Venez... J'ai un oreiller sur la bouche, elles ne m'entendent pas, ce sont des fantômes. Puis, jamais personne ne pense à autrui. Qu'on n'approche pas. Je sens le roussi, c'est certain.

Les hallucinations sont innombrables. C'est bien ce que j'ai toujours eu: plus de foi en l'histoire, l'oubli des principes. Je m'en tairai: poètes et visionnaires seraient jaloux. Je suis mille fois le plus riche, soyons avare comme la mer.

Ah çà! l'horloge de la vie s'est arrêtée tout à l'heure. Je ne suis plus au monde. —— La théologie est sérieuse, l'enfer est certainement *en bas* —— et le ciel en haut. —— Extase, cauchemar, sommeil dans un nid de flammes.

Que de malices dans l'attention dans la campagne... Satan, Ferdinand, court avec les graines sauvages... Jésus marche sur

44

입을 다물어라, 정말 입을 다물어라!…… 여기에서
그것은 수치, 가책이다. 불길은 상스럽다고, 나의 분노가
지독하게 어리석다고 말하는 사탄. — 그만해!……
나에게 불어넣어지는 오류들, 마법, 거짓 향기, 치졸한
음악들. — 그리고 내가 진실을 붙들고 있다고, 내가
정의를 알아차린다고, 내가 건전하고 확고부동한 판단을
하고 완벽을 위한 준비가 되어 있다고 말하기…… 오만.
내 머리의 가죽이 마른다. 불쌍히 여기소서! 주여, 저는
무섭습니다. 저는 목이 마릅니다. 이토록 목이 마릅니다. 아!
유년 시절, 풀잎, 비, 돌들 뒤의 호수, '종탑이 12시를 울렸을
때의 달빛……' 악마는 그 시간에, 종탑에 있다. 마리아여!
성모여!…… 혐오스러운 나의 어리석음.

저기, 저들은 나에게 선행을 베풀려는 정직한 사람들
아닌가…… 이리 오시오…… 내 입 위에 베개가 놓여
있소, 그들은 내 말을 듣지 못한다. 그들은 환영(幻影)이다.
그리고는, 아무도 다른 사람을 생각하지 않는다. 아무도
다가오지 말기를. 눌은 냄새가 난다. 확실하다.

환각은 무수하다.[58] 이것은 내가 언제나 지녀온 것이다.
역사에 대한 믿음의 부재, 원칙들에 대한 망각이다. 더 이상
말하지 않겠다. 시인들과 환상가들이 질투할 테니까. 나는
정말로 가장 부유하다. 바다처럼 구두쇠가 되자.

아 그래! 삶의 시계가 방금 멈췄다. 나는 더는 이 세계에

les ronces purpurines, sans les courber... Jésus marchait sur les eaux irritées. La lanterne nous le montra debout, blanc et des tresses brunes, au flanc d'une vague d'émeraude...

Je vais dévoiler tous les mystères: mystères religieux ou naturels, mort, naissance, avenir, passé, cosmogonie, néant. Je suis maître en fantasmagories.

Écoutez!...

J'ai tous les telents! — Il n'y a personne ici et il y a quelqu'un: je ne voudrais pas répandre mon trésor. — Veut-on des chants nègres, des danses de houris? Veut-on que je disparaisse, que je plonge à la recherche de *l'anneau?* Veut-on? Je ferai de l'or, des remèdes.

Fiez-vous donc à moi, la foi soulage, guide, guérit. Tous, venez, — même les petits enfants, — que je vous console, qu'on répande pour vous son cœur, — le cœur merveilleux!

— Pauvres hommes, travailleurs! Je ne demande pas de prières; avec votre confiance seulement, je serai heureux.

— Et pensons à moi. Ceci me fait peu regretter le monde. J'ai de la chance de ne pas souffrir plus. Ma vie ne fut que folies douces, c'est regrettable.

Bah! faisons toutes les grimaces imaginables.

Décidément, nous sommes hors du monde. Plus aucun son.

있지 않다. 신학은 진지하다. 지옥은 확실히 '아래에'
있다. ─ 그리고 하늘은 위에 있다. ─ 불꽃의 둥지 속에서의
황홀, 악몽, 잠.

들판에서 주의를 집중하는 데에는 얼마나 간교함이
필요한지…… 사탄 페르디낭[59]은 야생의 곡식들을 가지고
달린다…… 예수는 붉은 가시덤불 위로 그것들을
휘어지게 하지 않고 걷는다…… 예수는 성난 물결 위로
걸었다. 등불[60]은 에메랄드 빛 물결 옆에 하얗게 서 있는
예수를, 그의 적갈색 머리칼을 보여 주었다……

나는 모든 신비를 꿰뚫어 볼 작정이다. 종교적인 신비이건
자연의 신비이건, 죽음, 탄생, 미래, 과거, 우주발생론,
무(無)를. 나는 몽환(夢幻)의 대가이다.

잘 들어 보라!……

나에겐 온갖 재능이 있다! ─ 여기에는 아무도 없고
누군가 있다. 나의 보물을 널리 퍼뜨릴 수야 없지. ─ 흑인의
노래, 극락 미녀의 춤을 원하는가? 내가 사라지기를, 내가
'반지'를 찾아 잠수하기를 원하는가? 그래 볼까? 나는 금을,
약을 만들어 낼 것이다.

그러니 나를 믿어라, 믿음은 위로하고, 인도하며,
치유한다. 모두들, 여기로 오시오, ─ 어린이들까지, ─ 내
너희들을 위로하리니, 너희들을 위해 가슴을 털어
놓을 터이니. ─ 경이로운 가슴을! ─ 가엾은 사람들,

Mon tact a disparu. Ah! mon château, ma Saxe, mon bois de saules. Les soirs, les matins, les nuits, les jours... Suis-je las!

Je devrais avoir mon enfer pour la colère, mon enfer pour l'orgueil, — et l'enfer de la caresse: un concert d'enfers.

Je meurs de lassitude. C'est le tombeau, je m'en vais aux vers, horreur de l'horreur! Satan, farceur, tu veux me dissoudre, avec tes charmes. Je réclame. Je réclame! un coup de fourche, une goutte de feu.

Ah! remonter à la vie! Jeter les yeux sur nos difformités. Et ce poison, ce baiser mille fois maudit! Ma faiblesse, la cruauté du monde! Mon Dieu, pitié cachez-moi, je me tiens trop mal!

— Je suis caché et je ne le suis pas.

C'est le feu qui se relève avec son damné.

노동자들이여! 나는 기도를 요구하지 않는다. 너희들의 신뢰만으로도, 나는 행복할 것이다.

— 그리고 나를 생각하라. 그러면 나는 세상을 그리워하지 않으리. 내가 괴로워하지 않을 좋은 기회이다. 나의 삶은 단지 부드러운 광기였다. 유감스러운 일이다.

체! 상상할 수 있는 오만 가지 표정을 지어 보자.

정말로, 우리는 세상 밖에 있다. 어떤 소리도 들리지 않는다. 나의 감촉이 사라졌다. 아! 나의 성, 나의 작센산(産) 모직 옷, 나의 버드나무 숲.[61] 저녁, 아침, 밤, 낮들······[62] 난 지쳤다!

분노를 위한 나의 지옥이, 오만을 위한 나의 지옥이, 그리고 애무의 지옥이 있어야 할 텐데. 지옥들의 모의 (謨議)가.

지긋지긋해 죽겠다. 이건 묘지다. 나는 구더기들에게로 간다. 공포 중의 공포로다! 사탄이여, 어릿광대여, 너는 너의 매력으로 나를 분해하고 싶어 한다. 나는 애원한다. 나는 애원한다! 쇠스랑의 타격을, 한 방울의 불을.

아! 다시 삶으로 떠오르기! 우리의 추한 모습에 눈길을 던지기. 그리고 이 독, 정말로 저주받을 이 입맞춤! 나의 연약함, 세계의 잔혹함! 맙소사, 불쌍히 여기길, 날 숨겨 주오, 나는 너무 행실이 나쁘다! — 나는 숨겨지고 숨겨지지 않는다.

영벌받는 놈과 함께 불은 다시 솟아오른다.

DÉLIRES I

—— VIERGE FOLLE

L'ÉPOUX INFERNAL

Éoutons la confession d'un compagnon d'enfer:

《Ô divin Époux, mon Seigneur, ne refusez pas la confession de la plus triste de vos servantes. Je suis perdue. Je suis soûle. Je suis impure. Quelle vie!

《Pardon, divin Seigneur, pardon! Ah! pardon! Que de larmes! Et que de larmes encore plus tard, j'espère!

《Plus tard, je connaîtrai le divin Époux! Je suis née soumise à Lui. —— L'autre peut me battre maintenant!

《À présent, je suis au fond du monde! ô mes amies!... non, pas mes amies... Jamais délires ni tortures semblables... Est-ce bête!

《Ah! je souffre, je crie. Je souffre vraiment. Tout pourtant m'est permis, chargée du mépris des plus méprisables coeurs.

《Enfin, faisons cette confidence, quitte à la répéter vingt autres fois, —— aussi morne, aussi insignifiante!

《Je suis esclave de l'Époux infernal, celui qui a perdu les vierges folles. C'est bien ce démon-là. Ce n'est pas un spectre, ce n'est pas un fantôme. Mais moi qui ai perdu la sagesse, qui suis damnée et morte au monde, —— on ne me tuera pas!

—— Comment vous le décrire! Je ne sais même plus parler. Je

착란 I
— 어리석은 처녀[63]

지옥의 남편

한 지옥 동료[64]의 고백을 들어 보자.

"오 신성한 남편이여, 나의 주 예수여, 당신의 하녀들 가운데 가장 불쌍한 여자의 고백을 거부하지 마세요. 저는 갱생의 가망이 없습니다. 저는 취해 있습니다.[65] 저는 깨끗하지 않습니다. 인생이 왜 이런가요!

용서하소서, 신성한 주여, 용서를! 아! 용서를! 얼마나 눈물을 흘렸는지! 또 얼마나 눈물을 흘릴 것인지! 그러기를 바랍니다!"

나중에, 저는 신성한 남편을 알게 될 겁니다! 저는 그이에게 순종하도록 태어났습니다. 다른 하나는 지금 저를 이길 수 있습니다.

지금, 저는 세계의 밑바닥에 있습니다! 오 나의 친구들이여![66] …… 아니야, 내 친구들이 아니야…… 이와 비슷한 미망과 가책은 없을 거야…… 이렇게 어리석다니!

아! 저는 괴롭습니다. 저는 울부짖습니다. 저는 정말로 고통스럽습니다. 가장 경멸하는 이들의 멸시로 뒤덮인 저에게는 그렇지만 모든 것이 허용되어 있습니다.

결국, 스무 번도 더 되풀이할 각오로, 이 속내를 이야기하지요. 우중충하고 무의미하지만!

저는 어리석은 처녀들을 망쳐 놓은 지옥 남편의

suis en deuil, je pleure, j'ai peur. Un peu de fraîcheur, Seigneur, si vous voulez, si vous voulez bien!

《Je suis veuve... — J'étais veuve... — mais oui, j'ai été bien sérieuse jadis, et je ne suis pas née pour devenir squelette!... — Lui était presque un enfant... Ses délicatesses mystérieuses m'avaient séduite. J'ai oublié tout mon devoir humain pour le suivre. Quelle vie! La vraie vie est absente. Nous ne sommes pas au monde. Je vais où il va, il le faut. Et souvent il s'emporte contre moi, *moi, la pauvre âme*. Le Démon! — C'est un Démon, vous savez, *ce n'est pas un homme*.

《Il dit: "Je n'aime pas les femmes. L'amour est à réinventer, on le sait. Elles ne peuvent plus que vouloir une position assurée. La position gagnée, cœur et beauté sont mis de côté: il ne reste que froid dédain, l'aliment du mariage, aujourd'hui. Ou bien je vois des femmes, avec les signes du bonheur, dont, moi, j'aurais pu faire de bonnes camarades, dévorées tout d'abord par des brutes sensibles comme des bûchers..."

《Je l'écoute faisant de l'infamie une gloire, de la cruauté un charme. "Je suis de race lointaine: mes pères étaient Scandinaves: ils se perçaient les côtes, buvaient leur sang. — Je me ferai des entailles partout le corps, je me tatouerai, je veux devenir hideux comme un Mongol: tu verras, je hurlerai dans

노예랍니다. 바로 저 악마예요. 그는 허깨비도 환영도
아니에요. 그러나 지혜를 잃어버리고 세상에서 천벌받아
죽은 저, — 누구도 절 죽이지 못할 거예요! — 어떻게
당신에게 그를 묘사할까요! 저는 더 이상 말할 수조차
없어요. 저는 상복을 입고, 눈물짓고 있어요. 무서워요.
주여, 부디 약간의 신선함을, 제발!

저는 과부예요[67]······ — 과부였어요······ — 그래요,
저도 예전에는 성실했어요, 저라고 해골이 되라고
태어났겠어요!······ 그이는 거의 어린아이였죠······ 그이의
신비한 섬세함에 홀렸죠. 저는 그이를 따라다니느라 저의
인간으로서의 의무를 온통 잊었어요. 무슨 놈의 인생인지!
진실한 삶은 없어요. 우리는 세상에 없어요. 저는 그가 가는
대로 따라가요. 마땅히 그래야지요. 그런데 종종 그이는
저에게 화를 냅니다. '저처럼 가엾은 사람에게요.' 악마!
그이는 악마예요. 아시죠, '사람이 아니에요.'

그이는 이렇게 말했어요. '난 여자들을 사랑하지 않아.
알다시피, 사랑은 다시는 안 해야 하는 것인데, 여자들은
안전한 자리를 바랄 수밖에 없거든. 자리를 얻으면, 마음과
아름다움은 사라지지. 차디찬 멸시만이 남는데, 그게
오늘날 결혼의 양분이야. 또는 행복의 징표가 있어서, 나의
좋은 동료가 될 수 있을 여자들을 알아보지만, 그녀들은
장작더미 같은 다정다감한 짐승에게 제일 먼저 먹히지······.'

les rues. Je veux devenir bien fou de rage. Ne me montre jamais de bijoux, je ramperais et me tordrais sur le tapis. Ma richesse, je la voudrais tachée de sang partout. Jamais je ne travaillerai..." Plusieurs nuits, son démon me saisissant, nous nous roulions, je luttais avec lui! — Les nuits, souvent, ivre, il se poste dans des rues ou dans des maisons, pour m'épouvanter mortellement. — "On me coupera vraiment le cou; ce sera dégoûtant." Oh! ces jours où il veut marcher avec l'air du crime!

《Parfois il parle, en une façon de patois attendri, de la mort qui fait repentir, des malheureux qui existent certainement, des travaux pénibles, des départs qui déchirent les cœurs. Dans les bouges où nous nous enivrions, il pleurait en considérant ceux qui nous entouraient, bétail de la misère. Il relevait les ivrognes dans les rues noires. Il avait la pitié d'une mère méchante pour les petits enfants. — Il s'en allait avec des gentillesses de petite fille au catéchisme. — Il feignait d'être éclairé sur tout, commerce, art, médecine. — Je le suivais, il le faut!

《Je voyais tout le décor dont, en esprit, il s'entourait; vêtements, draps, meubles: je lui prêtais des armes, une autre figure. Je voyais tout ce qui le touchait, comme il aurait voulu le créer pour lui. Quand il me semblait avoir l'esprit inerte, je le

저는 수치를 영광으로, 잔인함을 매혹으로 만드는 그이의
말에 귀 기울여요. '난 머나먼 종족의 사람이야. 내 조상은
스칸디나비아 사람이었어. 그들은 서로의 늑골에 구멍을 내고
피를 마셨지. 나는 몸뚱이 여기저기에 흠을 내고, 문신을
하겠어. 몽고인처럼 흉칙하게 되고 싶어. 알겠어, 나는 거리에서
으르렁거릴 거야. 화가 나서 정말로 미치고 싶어. 나에게 보석을
보이지 마, 그러면 난 양탄자 위에서 기면서 몸을 비비 꼴 거야.
나는 나의 풍요에 여기저기 피가 묻어 있기를 바라. 난 결코
일하지 않을 거야…….' 여러 날 밤, 그의 악마가 저를 사로잡아,
우리는 서로 뒹굴고, 저는 그이와 싸우곤 했어요![68] 밤이면,
빈번히, 그이는 술에 취해 거리나 집에 매복하여, 저를 몹시
놀라게 했어요. '정말로 내 목을 베겠대. 메스꺼울 거야.' 오!
그이가 죄의 바람을 쐬며 걷고 싶어 하는 그날들!

　때때로 그이는 부드러운 사투리 투로, 회개하게 하는
죽음에 대해, 분명히 실존하고 있는 불행한 자들에 대해, 힘든
일에 대해, 가슴을 찢는 출발에 대해 이야기해요. 빈민굴에서,
우리가 술에 취했을 때, 그이는 우리 주위의 사람들, 말하자면
비참의 가축을 가만히 바라보면서 울었어요. 그이는 껌껌한
거리에서 취객들을 일으켜 주었어요. 그이는 어린아이들에게
못되게 구는 한 어머니를 측은히 여겼어요.[69] — 그이는
교리문답에 가는 소녀처럼 얌전히 갔어요. — 그이는 상업,
예술, 의학 등 모든 것에 견식이 있는 척했어요. — 저는

suivais, moi, dans des actions étranges et compliquées, loin, bonnes ou mauvaises: j'étais sûre de ne jamais entrer dans son monde. À côté de son cher corps endormi, que d'heures des nuits j'ai veillé, cherchant pourquoi il voulait tant s'évader de la réalité. Jamais homme n'eut pareil vœu. Je reconnaissais, — sans craindre pour lui, — qu'il pouvait être un sérieux danger dans la société. — Il a peut-être des secrets pour *changer la vie?* Non, il ne fait qu'en chercher, me répliquais-je. Enfin sa charité est ensorcelée, et j'en suis la prisonnière. Aucune autre âme n'aurait assez de force, — force de désespoir! — pour la supporter, — pour être protégée et aimée par lui. D'ailleurs, je ne me le figurais pas avec une autre âme: on voit son Ange, jamais l'Ange d'un autre, — je crois. J'étais dans son âme comme dans un palais qu'on a vidé pour ne pas voir une personne si peu noble que vous: voilà tout. Hélas! je dépendais bien de lui. Mais que voulait-il avec mon existence terne et lâche? Il ne me rendait pas meilleure, s'il ne me faisait pas mourir! Tristement dépitée, je lui dis quelquefois: "Je te comprends." Il haussait les épaules.

《Ainsi, mon chagrin se renouvelant sans ceses, et me trouvant plus égarée à mes yeux, — comme à tous les yeux qui auraient voulu me fixer, si je n'eusse été condamnée pour jamais

그이를 따라다녔죠. 그래야지요!

저는 그이의 정신을 둘러싸고 있는 모든 장식을 보았어요. 옷과 모포와 가구를. 저는 그이에게 무기를, 다른 모습을 마련해 주었어요. 저는 그이와 관계 있는 모든 것을 보았어요. 그이는 얼마나 자신을 위해 그것을 창조하고 싶어 했는지 몰라요. 저의 정신이 둔해지는 것 같으면, 저는 좋건 나쁘건, 이상하고 복잡한 행동 속으로, 그이를 멀리 뒤쫓아갔어요. 하지만 저는 그이의 세계 속으로 들어갈 수는 없다는 것을 잘 알고 있었어요. 그이의 잠든 몸뚱이 곁에서,[70] 왜 그이가 현실에서 벗어나려 하는지 알아내려고, 얼마나 많은 밤을 깨어 있었던가. 그런 서원(誓願)을 지녔던 사람이 어디 있나요. 저는 그이가 ─ 그이에 대해선 염려하지 않고 ─ 사회의 중대한 위협이 되리라는 걸 알아차렸어요. 그이에게 무슨 비결이 있어서 '삶을 바꾸려는 거죠?' 그럴 리 없어요, 그이는 그 비결을 찾기만 해 보라며 저를 반박했어요. 어쨌든 그이의 자비는 현혹되어 있고, 저는 그 자비의 포로예요. 다른 어떤 사람이라도 그이의 자비를 감당할 만큼, 또한 그이의 보호와 사랑을 받을 만큼 충분한 힘, ─ 절망적인 힘 ─ 을 가질 수는 없을 거예요. 게다가, 저는 그이가 다른 사람과 같이 있는 걸 생각해 본 적이 없어요. 누구나 자기의 천사를 보는 것이지, 다른 이의 천사를 보는 건 아니니까요. 저는 당신처럼 고귀하지

à l'oubli de tous! — j'avais de plus en plus faim de sa bonté. Avec ses baisers et ses étreintes amies, c'était bien un ciel, un sombre ciel, où j'entrais, et où j'aurais voulu être laissée, pauvre, sourde, muette, aveugle. Déjà j'en prenais l'habitude. Je nous voyais comme deux bons enfants, libres de se promener dans le Paradis de tristesse. Nous nous accordions. Bien émus, nous travaillions ensemble. Mais, après une pénétrante caresse, il disait: "Comme ça te paraîtra drôle, quand je n'y serai plus, ce par quoi tu as passé. Quand tu n'auras plus mes bras sous ton cou, ni mon cœur pour t'y reposer, ni cette bouche sur tes yeux. Parce qu'il faudra que je m'en aille, très loin, un jour. Puis il faut que j'en aide d'autres: c'est mon devoir. Quoique ce ne soit guère ragoûtant..., chère âme..." Tout de suite je me pressentais, lui parti, en proie au vertige, précipitée dans l'ombre la plus affreuse: la mort. Je lui faisais promettre qu'il ne me lâcherait pas. Il l'a faite vingt fois, cette promesse d'amant. C'était aussi frivole que moi lui disant: "Je te comprends."

《Ah! je n'ai jamais été jalouse de lui. Il ne me quittera pas, je crois. Que devenir? Il n'a pas une connaissance, il ne travaillera jamais. Il veut vivre somnambule. Seules, sa bonté et sa charité lui donneraient-elles droit dans le monde réel? Par instants, j'oublie la pitié où je suis tombée: lui me rendra forte, nous

않은 사람은 보지 않으려고 텅 비워 놓은 궁전 속에 있듯이 그이의 영혼 속에 있었지요, 그뿐이에요. 오 어쩌랴! 저는 그이에게 매달려 있었어요. 하지만 저처럼 개성 없고 기력 없는 인간과 무얼 하겠어요? 그이가 저를 죽게 만들지 않는다면, 더 이상 할 게 없을 지경이었죠! 애처롭게 화를 내며, 저는 때때로 그이에게 말했어요. '전 당신을 이해해요.' 그러면 그는 어깨를 으쓱할 뿐이었어요.

이렇게, 제 슬픔이 끊임없이 새로워지고, 제가 모든 사람들로부터 잊히도록 — 영구히 선고받지 않았다면! 나를 지켜본 모든 사람의 눈에 보일 것처럼, 제 눈에도, 제가 어쩔 줄 몰라 하는 게 보여, 저는 점점 그이의 선의에 굶주리게 되었어요. — 그이의 입맞춤과 다정한 포옹만 있으면, 그건 실로 천당이었어요. 제가 들어가, 가난해도 좋고, 귀먹어도 좋고, 벙어리가 되어도 좋고, 장님이 되어도 좋은 침침한 하늘이었어요. 저는 벌써 거기에 길들여져 있었어요. 제가 보기에 우리는 슬픔의 천국에서 자유롭게 산보하는 선한 두 아이 같았어요. 우리는 잘 어울렸어요.[71] 정말 감동해서, 우리는 함께 일을 했어요. 그러다가, 숨이 막힐 듯한 애무 끝에 그이는 말했어요. '내가 떠나 버리고 없다면, 당신이 겪은 게 당신에게 얼마나 우스꽝스럽게 보일까. 당신 목 밑의 내 팔, 당신이 쉴 수 있는 내 가슴, 당신 눈 위의 이 입이 없다면 말야. 언젠가는 아주 멀리 가야 하니까. 그래서 다른

voyagerons, nous chasserons dans les déserts, nous dormirons sur les pavés des villes inconnues, sans soins, sans peines. Ou je me réveillerai, et les lois et les mœurs auront changé —— grâce à son pouvoir magique, —— le monde, en restant le même, me laissera à mes désirs, joies, nonchalances. Oh! la vie d'aventures qui existe dans les livres des enfants, pour me récompenser, j'ai tant souffert, me la donneras-tu? Il ne peut pas. J'ignore son idéal. Il m'a dit avoir des regrets, des espoirs: cela ne doit pas me regarder. Parle-t-il à Dieu? Peut-être devrais-je m'adresser à Dieu. Je suis au plus profond de l'abîme, et je ne sais plus prier.

《S'il m'expliquait ses tristesses, les comprendrais-je plus que ses railleries? Il m'attaque, il passe des heures à me faire honte de tout ce qui m'a pu toucher au monde, et s'indigne si je pleure.

《Tu vois cet élégant jeune homme, entrant dans la belle et calme maison: il s'appelle Duval, Dufour, Armand, Maurice, que sais-je? Une femme s'est dévouée à aimer ce méchant idiot: elle est morte, c'est certes une sainte au ciel, à présent. Tu me feras mourir comme il a fait mourir cette femme. C'est notre sort, à nous, cœurs charitables...》 Hélas! il avait des jours où tous les hommes agissant lui paraissaient les jouets de délires grotesques: il riait affreusement, longtemps. —— Puis, il

이들을 도와야 해. 그게 내 의무야. 그게 구미에 당기지
않더라도…… 여보[72]…….' 저는 곧장 그이가 출발하면,
정신없이, 가장 무서운 어둠인 죽음 속으로 재빨리
가라앉을 것을 예감했어요. 저는 저를 버리지 않겠다는
약속을 그이에게 하게 했죠. 그이는 스무 번도 넘게 그
연인의 약속을 했어요. 그것 또한 '당신을 이해해요.'라고
말하는 저와 마찬가지로 헛된 것이었죠.

　아! 저는 그이를 질투하지 않았어요. 저는 그이가 저를
떠나지 않으리라 믿어요. 어떻게 되겠어요? 그이는 아는
사람 하나 없는 걸요. 그이는 일을 안 할 거니까요. 그이는
몽유병 환자로 살려 해요. 선의와 자비심만으로 그이가 현실
세계에서 살 수 있을까요? 때때로 저는 제가 잠겨 있는 딱한
처지를 잊곤 해요. 그는 나를 강하게 해 줄 것이다, 우리는
여행을 하고 있고, 미지의 도시들의 포도 위에서 아무렇게나
고통스럽지 않게 잠을 잘 것이다, 또는 나는 다시 깨어날
것이고, 그러면 법과 풍속이 바뀔 것이고, ― 그이의 마력에
힘입어, ― 세상은 그대로 있으면서도 나의 욕망, 환희,
무기력을 허용할 것이다. 오! 동화책 속에 있는 그 모험의 삶,
제가 그토록 고통스러웠으니, 저를 위로해 주기 위해, 그것을
저에게 주지 않겠어요? 이런 상념에 빠져요. 하지만 그이는
할 수 없지요. 저는 그이의 이상을 몰라요. 그이는 저에게
자기는 후회하고 있다, 희망을 가지고 있다고 말했어요.

reprenait ses manières de jeune mère, de sœur aimée S'il était moins sauvage, nous serions sauvés! Mais sa douceur aussi est mortelle. Je lui suis soumise. — Ah! je suis folle!

《Un jour peut-être il disparaîra merveilleusement; mais il faut que je sache, s'il doit remonter à un ciel, que je voie un peu l'assomption de mon petit ami!》

Drôle de ménage!

그건 저와는 관계가 없지요. 그이는 하느님께 말했을까요? 제가 하느님께 말해야 했나 봐요. 저는 심연의 밑바닥에 있어요. 이제는 기도할 줄도 모르겠어요.

그이가 자기의 슬픔을 저에게 설명했다 해서, 제가 그의 농담보다 그걸 더 잘 이해했을까요? 그이는 저를 공격하고, 오랫동안 세상에서 저에게 감동을 줄 수 있었던 모든 것에 대해 수치감을 느끼게 하고, 제가 울면 화를 내지요.

"아름답고 조용한 집으로 들어가는 저 멋진 청년 보이지? 그애 이름이 뭘까, 뒤발, 뒤푸르, 아르망, 모리스야. 한 여자가 그 못된 바보를 사랑하는 데 몸을 바쳤어, 그 여자는 죽었지, 지금은 정말 하늘에서 성녀가 되어 있을 거야. 그가 그 여자를 죽게 한 것처럼 당신은 나를 죽일 거야⋯⋯." 오호라! 그이에게는 활동적인 모든 사람들이 기괴한 헛소리의 노리개로 보이는 날들이 있었죠.[73] 그이는 무섭게, 오랫동안 웃었어요. ─ 그리고 그이는 다시 젊은 어머니, 사랑받는 누이의 모습을 했어요. 그이가 덜 거칠면, 우리는 구원받을 텐데![74] 그러나 그이의 부드러움도 사라질 운명이죠. 저는 그이에게 복종해요. ─ 아! 저는 미쳤어요!

"언젠가 그이는 불가사의하게 사라질 거예요. 그러나 그이가 다시 하늘로 올라가게 되어 있다면, 저는 제 꼬마 친구의 승천을 조금은 본다는 것을 알게 되겠지요!"

이상한 부부로다!

DÉLIRES II
ALCHIMIE DU VERBE

À moi. L'histoire d'une de mes folies.

Depuis longtemps je me vantais de posséder tous les paysages possibles, et trouvais dérisoires les célébrités de la peinture et de la poésie moderne.

J'aimais les peintures idiotes, dessus de portes décors, toiles de saltimbanques, enseignes, enluminures populaires; la littérature démodée, latin d'église, livres érotiques sans orthographe, romans de nos aïeules, contes de fées, petits livres de l'enfance, opéras vieux, refrains niais, rhythmes naïfs.

Je rêvais croisades, voyages de découvertes dont on n'a pas de relations, républiques sans histoires, guerres de religion étouffées, révolutions de moeurs, déplacements de races et de continents: je croyais à tous les enchantements.

J'inventai la couleur des voyelles! — *A* noir, *E* blanc, *I* rouge, *O* bleu, *U* vert. — Je réglai la forme et le mouvement de chaque consonne, et, avec des rhythmes instinctifs, je me flattai d'inventer un verbe poétique accessible, un jour ou l'autre, à tous les sens. Je réservais la traduction.

Ce fut d'abord une étude. J'écrivais des silences, des nuits, je notais l'inexprimable. Je fixais des vertiges.

착란 II
— 언어의 연금술

나에게. 내 광기들 가운데 하나에 관한 이야기.

나는 오래전부터 가능한 모든 풍경을 소유할 수 있다고
자부하고, 미술과 현대시의 명성을 가소롭게 보았다.

나는 우스꽝스런 그림들, 문의 위 장식, 무대배경,
어릿광대의 그림, 간판, 대중적인 채색 삽화를 좋아했고,
유행에 뒤처진 문학, 교회 라틴어, 철자 없는 외설 서적, 우리
조부의 소설들, 선경(仙境) 이야기, 유년 시절의 작은 책들,
낡은 오페라, 하찮은 후렴, 우직한 리듬을 좋아했다.

나는 십자군을, 아직 기록되지 않은 탐험 여행을, 역사
없는 공화국을, 숨이 막히는 종교전쟁을, 풍속의 혁명을,
종족과 대륙의 이동을 꿈꾸었다. 나는 온갖 신기한 것들을
다 믿었다.

나는 모음들의 색깔을 발명했다! *A*는 검고, *E*는 하얗고,
*I*는 붉고, *O*는 파랗고, *U*는 푸르다. 나는 각 자음의 형태와
운동을 조절했고, 그래서 본능적인 리듬으로, 언젠가는
온갖 감각에 전부 다다를 수 있는 시의 언어를 창조하리라
자부했다. 나는 번역을 보류했다.

그것은 우선 연습이었다. 나는 침묵과 밤에 대해 썼고,
표현할 수 없는 것에 주의했다. 나는 현기증에 종지부를
찍었다.

LARME

Loin des oiseaux, des troupeaux, des villageoises,
Que buvais-je, à genoux dans cette bruyère

Entourée de tendres bois de noisetiers,
Dans un brouillard d'après-midi tiède et vert?

Que pouvais-je boire dans cette jeune Oise,
Ormeaux sans voix, gazon sans fleurs, ciel couvert!

Boire à ces gourdes jaunes, loin de ma case
Chérie? Quelque liqueur d'or qui fait suer.
Je faisais une louche enseigne d'auberge.
—— Un orage vint chasser le ciel. Au soir
L'eau des bois se perdait sur les sables vierges,
Le vent de Dieu jetait des glaçons aux mares;

Pleurant, je voyais de l'or —— et ne pus boire.——

눈물

새와 가축 떼 그리고 촌사람들 멀리,
훈훈한 초록색 오후의 안개에 묻혀,

부드러운 개암나무 숲에 둘러싸인
그 황야에서 무릎을 꿇고 내 무엇을 마셨는가?

그 어린 우아즈[75]에서 내 무엇을 마실 수 있으리,
소리 없는 느릅나무, 꽃 없는 잔디, 흐린 하늘이여!

내 사랑하는 오두막에서 멀리 떨어져, 그 노란
호리병박을 위해 건배? 땀 흘리게 하는 금빛 액체.
나는 수상쩍은 주막 간판을 만들었다.
── 뇌우가 하늘을 쫓아 버리며 왔다. 저녁에
숲의 물은 순결한 모래 위로 사라졌고,
하느님의 바람은 늪지에 얼음 조각들을 던졌다.

울면서, 나는 황금을 보았다. 하여 마실 수 없었다.

BONNE PENSÉE DU MATIN

À quatre heures du matin, l'été.
Le sommeil d'amour dure encore.
Sous les bocages s'évapore
    L'odeur du soir fêté.

Là-bas, dans leur vaste chantier,
Au soleil des Hespérides,
Déjà s'agitent —— en bras de chemise ——
    Les Charpentiers.

Dans leurs Déserts de mousse, tranquilles,
Ils préparent les lambris précieux
    Où la ville
Peindra de faux cieux.

Ô pour ces Ouvriers charmants
Sujets d'un roi de Babylone,
Vénus! quitte un instant le Amants
    Dont l'âme est en couronne.

아침의 좋은 생각

여름날, 아침 네 시,
사랑의 단꿈은 아직도 한창이다.
작은 숲 아래에서 피어오른다
즐거운 저녁의 향기가.

저기, 저 널따란 작업장에서
헤스페리데스의 태양[76]에 맞춰,
벌써 움직인다 — 속옷 바람으로 —
목수들이.

그들의 이끼 사막에서, 고요히,
그들은 화장 돌을 준비한다.
거기에 도시는
거짓 하늘을 그려넣을 것이다.

오, 이 매력 있는 일꾼들
바빌론 왕의 신하들을 위해,
비너스여! 영혼이 달무리 진
연인들을 잠시 떠나 있거라.

Ô Reine des Bergers,
Porte aux travailleurs l'eau-de-vie,
Que leurs forces soient en paix
En attendant le bain dans la mer à midi.

La vieillerie poétique avait une bonne part dans mon alchimie du verbe.

Je m'habituai à l'hallucination simple: je voyais très franchement une mosquée à la place d'une usine, une école de tambours faite par des anges, des calèches sur les routes du ciel, un salon au fond d'un lac; les monstres, les mystères; un titre de vaudeville dressait des épouvantes devant moi.

Puis j'expliquai mes sophismes magiques avec l'hallucination des mots!

Je finis par trouver sacré le désordre de mon esprit. J'étais oisif, en proie à une lourde fièvre: j'enviais la félicité des bêtes, — les chenilles, qui représentent l'innocence des limbes, les taupes, le sommeil de la virginité!

Mon caractère s'aigrissait. Je disais adieu au monde dans

오, 목자들의 여왕이여,
일꾼들에게 화주(火酒)를 갖다 주어라,
정오의 바다에서 헤엄칠 때까지
그들의 힘이 화평하도록.

낡은 시론이 내 언어의 연금술에서 상당 부분을
차지했다.

나는 소박한 환각에 익숙해졌다. 나는 정말 솔직히 공장
자리에서 회교 사원을, 천사들이 설립한 북 교습소를,
하늘의 길을 달리는 사륜마차를, 호수 속의 살롱을,
괴물들을, 불가사의한 것들을 보았다. 무대극의 제목은 내
앞에 심한 공포를 세웠다.

그리고 나서 나는 낱말들의 환각으로 내 마법의 궤변을
설명했다.

마침내 나는 내 정신의 무질서가 성스럽다고 생각했다.
나는 게을렀고, 심한 열에 시달렸다. 나는 짐승의
천복(天福)을 부러워했다. 해소(孩所)[77]의 무구성을
표상하는 애벌레, 동정(童貞)의 잠을 표상하는 두더지의
천복을.

d'espèces des romances:

내 성격은 까다로워졌다. 나는 일종의 로망스로 세상에
작별을 고했다.

CHANSON DE LA PLUS HAUTE TOUR

Qu'il vienne, qu'il vienne,
Le temps dont on s'éprenne.

J'ai tant fait patience
Qu'à jamais j'oublie.
Craintes et souffrances
Aux cieux sont parties.
Et la soif malsaine
Obscurcit mes veines.

Qu'il vienne, qu'il vienne,
Le temps dont on s'éprenne.

Telle la prairie
A l'oubli livrée,
Grandie, et fleurie
D'encens et d'ivraies,
Au bourdon farouche
Des sales mouches.

가장 높은 탑의 노래

시간이여 오라, 시간이여 오라,
사람 사로잡을 시간이여.

난 그토록 참았고
하여 영원히 잊는다.
두려움과 괴로움이
하늘로 떠나갔다.
그리고는 유해한 목마름이
내 혈맥을 어둡게 하네.

시간이여 오라, 시간이여 오라,
사람 사로잡을 시간이여.

망각에 내맡겨진,
향풀과 독보리로
꽃피고, 커진,
더러운 파리들
맹렬하게 윙윙거리는
들판처럼.

Qu'il vienne, qu'il vienne,
Le temps dont on s'éprenne.

J'aimai le désert, les vergers brûlés, les boutiques fanées, les
boissons tiédies. Je me traînais dans les ruelles puantes et, les
yeux fermés, je m'offrais au soleil, dieu de feu.

《Général, s'il reste un vieux canon sur tes remparts en
ruines, bombarde-nous avec des blocs de terre sèche. Aux glaces
des magasins splendides! dans les salons! Fais manger sa
poussière à la ville. Oxyde les gargouilles. Emplis les boudoirs
de poudre de rubis brûlante...》

Oh! le moucheron enivré à la pissotière de l'auberge,
amoureux de la bourrache, et que dissout un rayon!

시간이여 오라, 시간이여 오라,
사람 사로잡을 시간이여.

나는 사막, 그을린 과수원들, 빛바랜 상점들, 미지근한
음료를 사랑했다. 나는 악취 나는 거리를 기운 없이 걸었고,
두 눈을 감고 불의 신 태양에 몸을 내맡겼다.
　"장군이여, 황폐한 성벽에 낡은 포가 남아 있다면, 마른
흙더미로 우리를 포격하라. 휘황찬란한 가게의 창유리에!
살롱에! 도시가 먼지를 뒤집어쓰게 하라. 도랑을 산화시켜라.
규방을 타는 듯한 홍옥 화약으로 가득 채워라⋯⋯"[78]
　오! 주막 변소에 취하고, 서양지치에 반하며,
끈끈이주걱[79]에 붙어 녹아 버리는 각다귀여!

FAIM

Si j'ai du goût, ce n'est guère
Que pour la terre et les pierres.
Je déjeune toujours d'air,
De roc, de charbons, de fer.

Mes faims, tournez. Paissez, faims,
Le pré des sons.
Attirez le gai venin
Des liserons.

Mangez les cailloux qu'on brise,
Les vieilles pierres d'églises;
Les galets des vieux déluges,
Pains semés dans les vallées grises.

Le loup criait sous les feuilles
En crachant les belles plumes
De son repas de volailles:

기아

나에게 취미가 있다면,
땅이나 돌들에 대한 것뿐.
나는 언제나 공기, 바위,
석탄, 철로 점심을 때운다.

내 굶주림이여, 돌아라. 뜯어먹어라, 굶주림이여,
소리들의 초원에서 풀을.
메꽃의
거나한 독액을 유인하라.

깨진 조약돌을,
교회의 오래된 돌들을 먹어라.
옛날 대홍수의 자갈들을,
잿빛 계곡에 뿌려진 빵을.

_____

늑대가 무성한 나뭇잎 아래에서 울부짖었다.
그가 잡아먹은 가금의
아름다운 깃털들을 토해 내면서.

Comme lui je me consume.

Les salades, les fruits
N'attendent que la cueillette ;
Mais l'araignée de la haie
Ne mange que des violettes.

Que je dorme ! que je bouille
Aux autels de Salomon.
Le bouillon court sur la rouille,
Et se mêle au Cédron.

Enfin, ô bonheur, ô raison, j'écartai du ciel l'azur, qui est du
noir, et je vécus, étincelle d'or de la lumière *nature*. De joie, je
prenais une expression bouffonne et égarée au possible:

나도 늑대처럼 나 자신을 소모한다.

상치나 과일은
따기만을 기다린다.
하지만 울타리의 거미는
제비꽃만을 먹는다.

나를 잠들게 하라! 나를 끓게 하라
솔로몬의 재단에서.
거품이 녹 위를 달려,
키드론[80] 계곡에 뒤섞인다

끝으로, 오 행복이여, 오 이성이여, 나는 하늘로부터
거무스름한 푸른빛을 떼어 놓았다. 그리고 나는 '자연'의
빛 그 황금 불티가 되어 살았다. 기쁨에 겨워, 나는 극도로
우스꽝스럽고 정신 나간 표현을 취했다.

L'ÉTERNITE

Elle est retrouvée!
Quoi? l'éternité.
C'est la mer mêlée
   Au soleil.

Mon âme éternelle,
Observe ton vœu
Malgré la nuit seule
Et le jour en feu.

Donc tu te dégages
Des humains suffrages,
Des communs élans!
Tu voles selon...

—— Jamais l'espérance.
   Pas *d'orietur*.
Science et patience,
Le supplice est sûr.

영원

다시 찾았다!
무엇을? 영원.
그것은 태양과 섞인
　바다이다.

내 영원한 영혼이여,
너의 서원을 준수하라
고독한 밤과 불타는
낮에 개의치 말고.

그래서 너는 벗어난다
인간의 동의에서,
공동의 도약에서!
……을 따라 너는 날아간다.

— 결코 희망은.
'오리튀르'[81]도 없다.
과학과 인내여,
고통은 확실하다.

Plus de lendemain,
Braises de satin,
  Votre ardeur
  Est le devoir.

Elle est retrouvée!
 —— Quoi? —— l'Éternité.
C'est la mer mêlée
  Au soleil.

Je devins un opéra fabuleux: je vis que tous les êtres ont une fatalité de bonheur: l'action n'est pas la vie, mais une façon de gâcher quelque force, un énervement. La morale est la faiblesse de la cervelle.

À chaque être, plusieurs *autres* vies me semblaient dues. Ce mon-sieur ne sait ce qu'il fait: il est un ange. Cette famille est une nichée de chiens. Devant plusieurs hommes, je causai tout haut avec un moment d'une de leurs autres vies. —— Ainsi, j'ai aimé un porc.

Aucun des sophismes de la folie, —— la folie qu'on

더 이상 내일은 없으니,
새틴 결의 잉걸불[82]이여
　　당신의 열기는
　　의무이다.

다시 찾았다!
무엇을? — '영원'.
그것은 태양과 섞인
　　바다이다.

————————————

나는 터무니없는 오페라가 되었다. 나는 모든 존재들이
행복의 숙명을 갖고 있다는 것을 알았다. 행동은 삶이
아니라 어떤 힘을 허비하는 방식, 신경질이다. 도덕은 뇌의
연약함이다.
　　내가 보기에는, 각 존재에서, 여러 '다른' 삶들이
기인하는 것 같았다. 이 양반은 자신이 무엇을 하는지
모른다. 그는 천사이다. 이 가족은 한 배에서 태어난
강아지들이다. 여러 사람들 앞에서, 나는 그들의 다른 삶들
가운데 하나의 순간과 큰소리로 이야기했다. 그리하여, 나는
돼지를 사랑했다.

enferme, — n'a été oublié par moi: je pourrais les redire tous, je tiens le système.

Ma santé fut menacée. La terreur venait. Je tombais dans des sommeils de plusieurs jours, et, levé, je continuais les rêves les plus tristes. J'étais mûr pour le trépas, et par une route de dangers ma faiblesse me menait aux confins du monde et de la Cimmérie, patrie de l'ombre et des tourbillons.

Je dus voyager, distraire les enchantements assemblés sur mon cerveau. Sur la mer, que j'aimais comme si elle eût dû me laver d'une souillure, je voyais se lever la croix consolatrice. J'avais été damné par l'arc-en-ciel. Le Bonheur était ma fatalité, mon remords, mon ver: ma vie serait toujours trop immense pour être dévouée à la force et à la beauté.

Le Bonheur! Sa dent, douce à la mort, m'avertissait au chant du coq, — *ad matutinum, au Christus venit,* — dans les plus sombres villes:

Ô saisons, ô châteaux!
Quelle âme est sans défauts?

J'ai fait la magique étude
Du bonheur, qu'aucun n'élude.

광기, 감금당한 광기에 관한 궤변들 가운데 어떤 것도 나는 잊지 않았다. 하여 나는 그 모든 것을 다시 말할 수 있을 것이다. 나는 체계를 장악한다.

내 건강은 위협받았다. 공포가 찾아왔다. 나는 여러 날 잠에 빠져 있었다. 일어나도, 가장 슬픈 꿈을 계속 꾸었다. 죽음의 시기가 무르익었으며, 내 연약함은 위험 많은 길을 통해 이 세계와 키메리아,[83] 어둠과 소용돌이의 나라의 경계로 나를 데려갔다.

나는 여행을 하여, 내 뇌에 모인 마법의 일부를 떼어내야 했다. 나의 더러움을 씻어주기라도 하듯 내가 사랑한 바다에서, 나는 위로의 십자가가 떠오르는 것을 보았다. 나는 무지개에 의해 저주받았다. 행복은 나의 숙명, 나의 회한, 나의 벌레였다. 하여 나의 삶은 언제나 너무 거대해서 힘과 아름다움에는 헌신할 수가 없는 모양이었다.

행복! 모질게 부드러운 그의 이빨이 가장 침침한 도시에서 — '아침에, 그리스도께서 오실 때' — 수탉의 노래로 나에게 눈짓했다.

오 계절이여, 오 성이여!
결함 없는 넋이 어디 있으랴?

나는 아무도 피하지 못하는 행복에

Salut à lui, chaque fois
Que chante le coq gaulois.

Ah! je n'aurai plus d'envie:
Il s'est chargé de ma vie.

Ce charme a pris âme et corps
Et dispersé les efforts.

Ô saisons, ô châteaaux!

L'heure de sa fuite, hélas!
Sera l'heure du trépas.

Ô saisons, ô châteaux!

———————————

Cela s'est passé. Je sais aujourd'hui saluer la beauté.

대해 경이적인 연구를 해 왔다.

그에게 인사를, 갈리아의
수탉이 노래할 때마다.

아! 나는 더 이상 부러울 게 없어.
그가 내 삶을 맡았기 때문이다.

그 매력이 영육을 사로잡아
노력을 흩뜨렸다.

오 계절이여, 오 성이여!

그의 도피의 시간은, 아 슬프도다!
죽음의 시간일 것이다.

오 계절이여, 오 성이여!

———————————————

그런 일이 일어난 것이다. 오늘 나는 아름다움에게 인사할
수 있다.[84]

3부

일뤼미나시옹

VIES

II

Je suis un inventeur bien autrement méritant que tous ceux
qui m'ont précédé; un musicien même, qui ai trouvé quelque
chose comme la clef de l'amour. À présent, gentilhomme d'une
campagne aigre au ciel sobre, j'essaye de m'émouvoir au
souvenir de l'enfance mendiante, de l'apprentissage ou de
l'arrivée en sabots, des polémiques, des cinq ou six veuvages, et
quelques noces où ma forte tête m'empêcha de monter au
diapason des camarades. Je ne regrette pas ma vieille part de
gaîté divine: l'air sobre de cette aigre campagne alimente fort
activement mon atroce scepticisme. Mais comme ce
scepticisme ne peut désormais être mis en œuvre, et que
d'ailleurs je suis dévoué à un trouble nouveau, — j'attends de
devenir un très méchant fou.

III

Dans un grenier où je fus enfermé à douze ans j'ai connu le
monde, j'ai illustré la comédie humaine. Dans un cellier j'ai
appris l'histoire. À quelque fête de nuit dans une cité du Nord,
j'ai rencontré toutes les femmes des anciens peintres. Dans un

삶

II

나는 나보다 앞서 온 모든 이들과는 전혀 딴판으로
찬양할 만한 발명가이다. 또한 사랑의 열쇠 같은 어떤 것을
발견한 음악가 자체이다. 지금, 담백한 하늘 거친 들판의
신사로서, 나는 빌어먹을 유년 시절, 수업 시절 또는 나막신
여행의 도착지, 논쟁들, 대여섯 차례의 독신 생활[85] 그리고
내 뛰어난 머리 때문에 친구들과 장단을 맞추지 못한 몇몇
결혼식을 회상하고 감동받으려 애쓴다. 나는 내 신적인
쾌활[86]의 옛 부분을 아쉬워하지 않는다. 이 거친 들판의
담백한 대기가 나의 혹독한 회의(懷疑)를 아주 활기차게
길러 주기 때문이다. 그러나 이 회의적인 태도가 이제부터는
활용될 수 없으므로, 게다가 내가 새로운 혼란에 매달려
있기 때문에, 나는 매우 고약한 미치광이가 되기를
기대한다.

III

열두 살 때 틀어박힌 다락방에서 나는 세계를 알았고,
인간 희극을 예증했다. 지하 저장실에서 나는 역사를
배웠다. 북부의 한 도시에서 어느 축제의 밤에는, 옛
화가들의 모든 여자들을 만났다.[87] 파리의 오래된

vieux passage à Paris on m'a enseigné les sciences classiques.

Dans une magnifique demeure cernée par l'Orient entier j'ai accompli mon immense oeuvre et passé mon illustre retraite. J'ai brassé mon sang. Mon devoir m'est remis. Il ne faut même plus songer à cela. Je suis réellement d'outre-tombe, et pas de commissions.

샛길[88)]에서는 고전학을 배웠다. 동방 전체에 의해 둘러싸인 으리으리한 저택에서, 나는 나의 거대한 작품을 완성했고 나의 유명한 은거 생활을 보냈다. 나는 내 피를 양조(釀造)했다. 나에게 의무가 다시 부과되었다. 더 이상 그것을 생각조차 해서는 안 된다. 나는 실제로 무덤 저편에 있다. 하여 권한은 없다.

AUBE

J'ai embrassé l'aube d'été.

Rien ne bougeait encore au front des palais. L'eau était
morte. Les camps d'ombres ne quittaient pas la route du bois.
J'ai marché, réveillant les haleines vives et tièdes, et les pierreries
regardèrent, et les ailes se levèrent sans bruit.

La première entreprise fut, dans le sentier déjà empli de frais
et blêmes éclats, une fleur qui me dit son nom.

Je ris au wasserfall blond qui s'échevela à travers les sapins: à
la cime argentée je reconnus la déesse.

Alors je levai un à un les voiles. Dans l'allée, en agitant les
bras. Par la plaine, où je l'ai dénoncée au coq. À la grand'ville
elle fuyait parmi les clochers et les dômes, et courant comme
un mendiant sur les quais de marbre, je la chassais.

En haut de la route, près d'un bois de lauriers, je l'ai
entourée avec ses voiles amassés, et j'ai senti un peu son
immense corps. L'aube et l'enfant tombèrent au bas du bois.
Au réveil il était midi.

새벽

나는 여름 새벽을 껴안았다.

궁전[89) 앞에는 아직 아무것도 움직이지 않았다. 강물은
죽은 듯 고요했다. 어둠의 진영은 숲길을 떠나지 않았다.
나는 생생하고 미지근한 숨결을 깨우면서 걸어갔고,
보석들[90)을 바라다보았으며, 날개들이 소리 없이 일어났다.

벌써 신선하고 흐릿한 빛으로 가득 찬 오솔길에서, 첫
번째 모험은 나에게 이름을 말하는 꽃이었다.

나는 전나무들 사이에서 머리를 헝클어뜨린 금발의
폭포를 보고 웃었다. 은빛 꼭대기에서 여신을 알아보았다.

그래서 나는 베일을 하나하나 걷어올렸다. 길에서, 팔을
흔들면서. 내가 수탉에게 그녀를 알린 들판을 가로질러.
대도시에서 그녀는 종탑과 궁륭 사이로 도망쳤다. 하여 나는
거지처럼 대리석 부두 위로 달리면서, 그녀를 쫓아갔다.

월계수 숲 가까이, 길 위에서, 나는 쌓여 있는 그녀의
베일로 그녀를 감싸 안았고, 그리하여 그녀의 거대한 육체를
조금 느꼈다. 새벽과 어린아이는 숲 아래로 떨어졌다.
깨어나니 정오였다.

MARINE

Les chars d'argent et de cuivre —
Les proues d'acier et d'argent —
Battent l'écume, —
Soulèvent les souches des ronces.

Les courants de la lande,
Et les ornières immenses du reflux,
Filent circulairement vers l'est,
Vers les piliers de la forêt, —
Vers les fûts de la jetée,
Dont l'angle est heurté par des tourbillons de lumière.

바다그림

은과 구리의 수레들 —
강철과 은의 뱃머리들 —
거품을 휘젓고,
가시덤불의 그루터기를 들어 올린다.
황야의 조류들,
그리고 썰물의 거대한 수레바퀴 자국들,[91]
원을 그리며 동쪽으로 길게 뻗친다,
숲의 기둥들 쪽으로, —
모퉁이가 빛의 소용돌이에 부딪히는
부두의 방파제 쪽으로.

DÈMOCRATIE

《Le drapeau va au paysage immonde, et notre patois étouffe le tambour.

《Aux centres nous alimenterons la plus cynique prostitution. Nous massacrerons les révoltes logiques.

《Aux pays poivrés et détrempés! —— au service des plus monstrueuses exploitations industrielles ou militaires.

《Au revoir ici, n'importe où. Conscrits du bon vouloir, nous aurons la philosophie féroce; ignorants pour la science, roués pour le confort; la crevaison pour le monde qui va. C'est la vraie marche. En avant, route!》

민주주의

"깃발은 더러운 풍경으로 가고, 우리의 사투리는 북[92]을 질식시킨다.

중심지에서 우리는 가장 추잡스러운 매춘을 부추길 것이다. 우리는 당연히 반란을 진압할 것이다.

후추가 나는 습기 많은 나라들[93]로! ── 가장 잔인무도한 산업적 또는 군사적 착취를 위하여.

여기에서, 어디에서건, 다시 만납시다. 호의(好意)[94]의 신병인 우리는 사나운 철학을 가질 것이다. 과학에 무지하고, 안락을 위해서는 교활한 우리. 움직이는 세계를 위한 파열.[95] 이것은 진정한 행군이다. 앞으로 갓!"[96]

LE BATEAU IVRE

Comme je descendais des Fleuves impassibles,
Je ne me sentis plus guidé par les haleurs:
Des Peaux-Rouges criards les avaient pris pour cibles
Les ayant cloués nus aux poteaux de couleurs.

J'étais insoucieux de tous les équipages,
Porteur de blés flamands ou de cotons anglais.
Quand avec mes haleurs ont fini ces tapages
Les Fleuves m'ont laissé descendre où je voulais.

Dans les clapotements furieux des marées,
Moi, l'autre hiver, plus sourd que les cerveaux d'enfants,
Je courus! Et les Péninsules démarrées
N'ont pas subi tohu-bohus plus triomphants.

La tempête a béni mes éveils maritimes.
Plus léger qu'un bouchon j'ai dansé sur les flots
Qu'on appelle rouleurs éternels de victimes,
Dix nuits, sans regretter l'œil niais des falots!

Plus douce qu'aux enfants la chair des pommes sures,
L'eau verte pénétra ma coque de sapin

취한 배

도도한 강물을 따라 내려갈 때, 나는
예인(曳引)자들[97]이 날 인도하지 않는다는 걸 느꼈다.
떠들썩한 인디언들이 그들을 깃발 기둥에
발가벗겨 묶은 뒤 과녁으로 삼아 버렸다.

플랑드르 밀이나 영국 목화를 나르는 나는
선구(船具)들[98]에 전혀 신경을 쓰지 않았다.
내 예인자들과 동시에 그 야단법석이 끝나자,
나는 원하는 곳으로 강물 따라 흘러갔다.

지난겨울, 물결의 성난 찰랑거림 속으로,
어린이의 두뇌보다 더 말 안 듣는 나,
나는 달려갔다! 하여 출범한 반도[99]도 더 기승스러운
혼란을 겪지 않았다.

폭풍우가 내 해상(海上)의 각성을 축복했다.
코르크 마개보다 더 가볍게 나는 춤추었다
조난자의 영원한 짐수레꾼이라 불리는 물결 위에서,
열 밤 동안, 등대[100]의 어리석은 눈을 그리워하지도 않고!

신 능금 같은 어린이의 살결보다 더 부드럽게,
푸른 바닷물이 내 전나무 선체를 꿰뚫고,

Et des taches de vins bleus et des vomissures
Me lava, dispersant gouvernail et grappin.

Et dès lors, je me suis baigné dans le Poème
De la Mer, infusé d'astres, et lactescent,
Dévorant les azurs verts; où, flottaison blême
Et ravie, un noyé pensif parfois descend;

Où, teignant tout à coup les bleuités, délires
Et rhythmes lents sous les rutilements du jour,
Plus fortes que l'alcool, plus vastes que nos lyres,
Fermentent les rousseurs amères de l'amour!

Je sais les cieux crevant en éclairs, et les trombes
Et les ressacs et les courants: je sais le soir,
L'Aube exaltée ainsi qu'un peuple de colombes,
Et j'ai vu quelquefois ce que l'homme a cru voir!

J'ai vu le soleil bas, taché d'horreurs mystiques,
Illuminant de longs figements violets,
Pareils à des acteurs de drames très antiques
Les flots roulant au loin leurs frissons de volets!

키와 닻을 흩뜨리면서, 나에게서
푸른 술 자국과 토사물[101]을 씻어 냈다.

그때부터, 나는 별들이 우러나는 젖빛[102] 바다의
시에 기꺼이 잠겼다. 푸른 창공을 탐욕스레 보면서.[103]
바다의 시에는,[104] 넋을 빼앗겨 파랗게 질린 뗏목,
사념에 잠긴 익사자[105]가 때때로 내려가고,

알코올보다 강하고 리라보다 장대한
쓰라린 사랑 적갈색 얼룩이 반짝이는 햇살 아래
헛소리와 느린 리듬 되어 술렁인다! 갑자기
푸르스름한 바다를 물들이면서.[106]

나는 번개로 갈라지는 하늘, 소용돌이와
파랑과 해류를 알고 있다. 나는 저녁을,
비둘기 무리처럼 고양된 새벽을 알고 있다,
그리고 사람들이 보았다고 믿는 것을 때때로 보았다!

나는 낮은 태양을 보았으니, 그것은 신비한 공포로
얼룩져, 아주 옛날 연극의 배우들과 비슷한 긴 보랏빛
응고선(凝固線)들로, 덧문 떨리는 소리를 내며
멀리 굴러가는 물결들을 조명했다!

J'ai rêvé la nuit verte aux neiges éblouies,
Baiser montant aux yeux des mers avec lenteurs,
La circulation des sèves inouïes,
Et l'éveil jaune et bleu des phosphores chanteurs!

J'ai suivi, des mois pleins, pareille aux vacheries
Hystériques, la houle à l'assaut des récifs,
Sans songer que les pieds lumineux des Maries
Pussent forcer le mufle aux Océans poussifs!

J'ai heurté, savez-vous, d'incroyables Florides
Mêlant aux fleurs des yeux de panthères à peaux
D'hommes! Des arcs-en-ciel tendus comme des brides
Sous l'horizon des mers, à de glauques troupeaux!

J'ai vu fermenter les marais énormes, nasses
Où pourrit dans les joncs tout un Léviathan!
Des écroulements d'eaux au milieu des bonaces,
Et les lointains vers les gouffres cataractant!

Glaciers, soleils d'argent, flots nacreux, cieux de braises!

나는 눈부신 눈이 내리는 푸른 밤을 꿈꾸었다,
천천히 바다의 눈들로 올라오는 입맞춤을,
들어 보지 못한 수액들의 순환을,
그리고 노래하는 형광체들의 노랗고 파란 깨어남을!

나는 신경질적인 암소 떼들처럼 암초에
부딪히는 파도를, 여러 달 내내 뒤따랐다.
마리아[107]의 빛나는 발이 콧잔등을 헐떡이는 대양에
처박힐 수 있을 거라는 건 생각도 않고!

알다시피 나는 사람의 피부를 한 표범의 눈[108]들이
꽃들과 뒤섞이는 믿기지 않는 플로리다,
수평선 아래에서 청록 가축 떼[109]에
고삐처럼 묶인 무지개들과 부딪혔다!

나는 보았다 거대한 늪이, 리바이어던
한 마리가 골풀 사이에서 온통 썩어 가는 통발이,
잔잔한 가운데 물이 무너져 내리는 곳이,
심연 쪽으로 폭포를 이루는 먼 곳이 술렁이는 것을!

빙하, 은빛 태양, 진주모빛[110] 물결, 잉걸불의 하늘!

Échouages hideux au fond des golfes bruns
Où les serpents géants dévorés des punaises
Choient, des arbres tordus, avec de noirs parfums!

J'aurais voulu montrer aux enfants ces dorades
Du flot bleu, ces poissons d'or, ces poissons chantants.
— Des écumes de fleurs ont bercé mes dérades
Et d'ineffables vents m'ont ailé par instants.

Parfois, martyr lassé des pôles et des zones,
La mer dont le sanglot faisait mon roulis doux
Montait vers moi ses fleurs d'ombre aux ventouses jaunes
Et je restais, ainsi qu'une femme à genoux...

Presque île, ballottant sur mes bords les querelles
Et les fientes d'oiseaux clabaudeurs aux yeux blonds.
Et je voguais, lorsqu'à travers mes liens frêles
Des noyés descendaient dormir, à reculons!

Or moi, bateau perdu sous les cheveux des anses,
Jeté par l'ouragan dans l'éther sans oiseau,
Moi dont les Monitors et les voiliers des Hanses

갈색 만들의 밑바닥에 펼쳐진 보기 흉한 양륙지[111]들,
거기에선 이들이 득실대는 거대한 뱀들이
검은 향기를 내뿜으며 비틀린 나무에서 떨어진다!

나는 푸른 물결 무늬의 그 만새어들, 그 황금빛 물고기들,
그 노래하는 물고기들을 어린이들에게 보여 주고
싶었으니.
― 꽃의 거품들은 내 출항[112]을 가만히 흔들어 주었고
이루 말할 수 없는 바람이 가끔 나에게 날개를 달아
주었다.

때때로, 흐느끼면서 내 옆질을 부드럽게 하는 바다가
극지방과 여러 기후대에 싫증 난 순교자인 나를 향해
노란 현창(舷窓)까지 그 어둠의 꽃들[113]을 올라가게 했고,
나는 무릎 꿇은 여자처럼 가만히 머물렀다……

섬처럼, 내 가장자리 위 갈색 눈의 욕쟁이 새들
그것들의 구슬픈 울음과 똥을 피하려 몸을 뒤흔들면서.
그리고 나의 연약한 줄들을 가로질러 익사자들이
잠자러 내려갈 때, 거꾸로 항해했다!

그런데 나, 작은 만들의 머리카락 아래 길을 잃고,

N'auraient pas repêché la carcasse ivre d'eau;

Libre, fumant, monté de brumes violettes,
Moi qui trouais le ciel rougeoyant comme un mur
Qui porte, confiture exquise aux bons poètes,
Des lichens de soleil et des morves d'azur,

Qui courais, taché de lunules électriques,
Planche folle, escorté des hippocampes noirs,
Quand les juillets faisaient crouler à coups de triques
Les cieux ultramarins aux ardents entonnoirs;

Moi qui tremblais, sentant geindre à cinquante lieues
Le rut des Béhémots et les Maelstroms épais,
Fileur éternel des immobilités bleues,
Je regrette l'Europe aux anciens parapets!

J'ai vu des archipels sidéraux! et des îles
Dont les cieux délirants sont ouverts au vogueur:
—— Est-ce en ces nuits sans fond que tu dors et t'exiles,
Million d'oiseaux d'or, ô future Vigueur? ——

태풍 때문에 새들 없는 창공[114] 속으로 던져진 배,
소형 군함과 한자동맹의 범선들이라도 물에 취한
나의 시체를 건져올리지 않았을 나,

자유롭게, 담배를 물고, 보랏빛 안개에 싸여 상승하는 나,
훌륭한 시인들에겐 맛 좋은 잼과 같은,
태양의 이끼와 쪽빛 콧물이 있는
붉어 가는 하늘에 벽처럼 구멍을 뚫은 나,

7월이 불타는 듯한 폭발 구멍들이 있는 군청빛 하늘을
몽둥이 타작으로 무너지게 했을 때,
전기 궁형 구름들에 얼룩지고 검은 해마들의 호위를
받으며 미친 널판때기처럼 달린 나,

베헤모스들의 암내와 깊은 소용돌이의 신음 소리를
오십 해리 밖에서 느끼고는 전율하는 나,
파란 부동 상태[115]의 영원한 도망자,
나는 옛 난간들의 유럽을 그리워한다!

나는 항성의 떼 섬들! 그리고 헛소리하는
하늘이 표류자에게 열려 있는 섬들을 보았다.
   ── 수많은 황금빛 새들이여, 오 미래의 원기[116]여,

Mais, vrai, j'ai trop pleuré! Les Aubes sont navrantes.

Toute lune est atroce et tout soleil amer:

L'âcre amour m'a gonflé de torpeurs enivrantes.

Ô que ma quille éclate! Ô que j'aille à la mer!

Si je désire une eau d'Europe, c'est la flache

Noire et froide où vers le crépuscule embaumé

Un enfant accroupi plein de tristesses, lâche

Un bateau frêle comme un papillon de mai.

Je ne puis plus, baigné de vos langueurs, ô lames,

Enlever leur sillage aux porteurs de cotons,

Ni traverser l'orgueil des drapeaux et des flammes,

Ni nager sous les yeux horribles des pontons.

네가 잠들고 유배되어 있는 곳은 저 밑바닥 없는 어둠
속인가?

그러나, 진실로, 나는 너무나 울었다! 새벽은 가슴을 에는
듯하다.
모든 달이 지긋지긋하고 모든 태양이 가혹하다.
쓰라린 사랑이 나에게 황홀한 무기력을 불어넣었다.
오 내 용골(龍骨)이여 깨져라! 오 나를 바다로 가게
하라![117]

내가 유럽의 물을 원한다면, 그것은
웅크린 어린이가 향기로운 황혼 무렵에
슬픔으로 가득 차 5월 나비처럼 연약한
배[118]를 띄우는 검고 차가운 물웅덩이이다.

오 파도여, 나는 그대들의 무기력에 젖어,
이제 더 이상 목화 운반선을 바짝 뒤따를 수도,
군기와 삼각기들의 오만을 방해할 수도,
거룻배들의 끔직한 눈 아래에서 항해할 수도 없다.

MICHEL ET CHRISTINE

Zut alors si le soleil quitte ces bords!
Fuis, clair déluge! Voici l'ombre des routes.
Dans les saules, dans la vieille cour d'honneur
L'orage d'abord jette ses larges gouttes.

Ô cent agneaux, de l'idylle soldats blonds,
Des aqueducs, des bruyères amaigries,
Fuyez! plaine, déserts, prairie, horizons
Sont à la toilette rouge de l'orage!

Chien noir, brun pasteur dont le manteau s'engouffre,
Fuyez l'heure des éclairs supérieurs;
Blond troupeau, quand voici nager ombre et soufre,
Tâchez de descendre à des retraits meilleurs.

Mais moi, Seigneur! voici que mon Esprit vole,
Après les cieux glacés de rouge, sous les
Nuages célestes qui courent et volent
Sur cent Solognes longues comme un railway.

Voilà mille loups, mille graines sauvages
Qu'emporte, non sans aimer les liserons,

미셸과 크리스틴

빌어먹을 그때 만일 태양이 이 기슭을 떠난다면!
달아나라, 환한 홍수[119]로다! 여기 길들의 그늘이 있다.
버드나무 숲에서, 오래된 앞뜰[120]에서
뇌우는 우선 굵직한 물방울을 뿌린다.

500마리의 어린양들아, 목가의 금발 병사들아,
수로(水路)들, 마른 히드[121]들아,
도망쳐라! 평원, 사막, 초원, 지평선이
뇌우의 붉은 화장을 돕고 있다!

검둥개야, 외투가 휘날리는 갈색 머리의 목자야,
탁월한 번개의 시간을 피하라.
금발의 무리야, 어둠과 유황이 떠다니니,
더 나은 은신처로 내려가도록 하라.

그러나 나는, 주여! 여기 내 성령이 날아온다.[122]
얼어 버린 붉은색 하늘 뒤에서,
흐르고 나는 천상의 구름들 아래,
철길처럼 긴 백 군데의 솔로뉴[123] 평원으로.

저기 많은 늑대들, 많은 야생의 씨앗들을,
이 종교적인 뇌우의 오후가 앗아 간다.

Cette religieuse après-midi d'orage
Sur l'Europe ancienne où cent hordes iront!

Après, le clair de lune! partout la lande,
Rougis et leurs fronts aux cieux noirs, les guerriers
Chevauchent lentement leurs pâles coursiers!
Les cailloux sonnent sous cette fière bande!

—— Et verrai-je le bois jaune et le val clair,
L'Épouse aux yeux bleus, l'homme au front rouge, —— ô
Gaule,
Et le blanc agneau Pascal, à leurs pieds chers,
—— Michel et Christine, —— et Christ! —— fin de l'Idylle.

메꽃들을 사랑하기는 하면서
많은 무리들 몰려올 옛 유럽 위로!

뒤에, 달빛[124]이여! 황야 도처에서,
전사들이 얼굴은 붉고 이마는 하늘 향한 채
자신들의 창백한 준마들을 천천히 몰고 간다!
이 당당한 무리 아래 조약돌들이 울린다!

— 그리고 나는 볼 것이다 노란 숲을, 밝은 계곡을,
파란 눈의 아내를, 붉은 이마의 남자를 — 오 갈리아여,
그리고 그들의 소중한 발 근처에서, 유월절의 하얀
양을,[125]
— 미셸과 크리스틴을, — 또한 그리스도를! — 목가의 끝.

주(註)

1) 랭보의 현재 상태. 이 몽상의 상태는 저녁 들길의 신선한 감각과 대비된다.

2) 사랑을 말과 생각에 대비시킨다.

3) 이 직유로 판단컨대 "무한한 사랑"은 단지 사랑에 대한 막연하나 끈질긴 욕구일 것이다.

4) 너무 해져서 관념에 가깝다는 뜻이다.

5) 바로 앞의 "시의 여신"이나 "충복"과 어울리지 않는 경박한 어투.

6) 페로(Charles Perrault)의 동화 「엄지동자」의 주인공. 부모가 자신과 형들을 숲 속에 버리러 갈 때 길에다 조약돌을 하나씩 떨어뜨려 다시 집으로 돌아올 수 있게 된다.

7) "꿈꾸는"과 "운행"에 힘입어 마치 하늘을 돌아다닌 듯이 표현되어 있다.

8) 복수이고 지시형용사가 붙어 있는 점으로 보아 주변 산야로의 통상적인 산보를 노래하고 있는 듯하다.

9) 가슴과 발, 리라와 구두끈의 근접은 고귀한 것과 비속한 것의 무차별을 일러 준다.

10) '잠재적인', '숨은'보다는 '눈에 보이지 않는'이 더 올바른 의미이다. 지금으로서는 겉으로 보이는 탄생, 곧 형태와 색깔을 말하려 한다는 뜻이다.

11) '코르셋'의 영향으로 신체 부위의 은유일지도 모른다.

12) 어원적인 의미로 새겨야 한다.

13) 여자의 신체에서 절대적인 마력을 지닌 그리고 E 모음과 형태가 비슷한 두 젖가슴일 것이다.

14) 어원적인 의미는 '파라솔'이다.

15) 붉은 혀를 내밀어 다른 조개에 구멍을 내고 잡아먹는다. 다분히 죽음과 파괴의 색정을 함축한다.

16) 'vibrer' 동사에서 만들어진 랭보의 조어. 파동의 뜻.

17) '지고의'보다는 '맨 마지막'이란 의미가 파국을 함축하는 데 더 어울린다.

18) 출처가 어디이든 침묵에 대한 시적 과장법이다.

19) 그리스 알파벳의 마지막 문자. "최후의 나팔"과 모양 및 결별의 의미가 겹친다.

20) 그녀가 누구인지는 신만이 알 것이다. 어쨌든 눈 주위의 보랏빛 테두리로 보아 남자에 대해 키르케적인, 또는 마녀나 요부 같은 존재일 것이다.

21) 사회질서의 의미.

22) 랭보에게는 사회질서가 치죄해 온 존재들의 상징.
23) '광대를 근사하게 골탕 먹였다.'보다는 이처럼 반어적으로 해석하는 것이 옳다.
24) 병원에 입원했을 때를 말함.
25) 둘째 문장이 첫째 문장을 무효로 만든다.
26) 과거와의 연결점을 찾아보는데도 불구하고 특별히 거명할 만큼 마음에 드는 선조가 없다는 뜻이다.
27) 새로운 질서를 만들어 내기 위해 투쟁했다고 생각하지 않기 때문이다.
28) 'Solyme'은 예루살렘.
29) 지난 세기와 현대의 가치 체계가 대비되어 있다. 육체의 경우는 민간약과 민요들 대신 의학이 확립되고, 영혼의 경우에는 마음의 지주 대신 철학이 들어섰다. "영혼의 길참(viatique)"은 원래 여행 갈 때 가져가는 먹거리로서, 죽을 때 영혼의 여행을 위해 주는 성체 또는 성량(聖糧)을 뜻하기도 한다. 그리고 할머니들이 처방하는 약은 흔히 민간요법이다.
30) 과거와 현재의 정신세계가 대비되어 있다. 과거에는 오락 또는 놀이였으나 이제는 모든 이가 접근할 수 있는 과학이다.
31) 기독교에서 말하는 삼위일체 중 하나. 복음 전파와 예언 능력을 생기게 하는 주체. 다음에 나오는 신탁은 성령의 그리스 로마적 개념. 이교는 아마 그리스 로마적 전통을 지칭할 것이다.
32) 사실 단언과 반어가 섞인 감정의 표현일 것이다.
33) 브르타뉴의 켈트식 이름.
34) 앞에서 랭보는 거창한 출발을 예고했다. 그런데 여기에서는 떠나지 않는다고 말한다. 그는 스스로를 해방시킬 수 없는 것이다.
35) 유년기부터의 악덕이란 남색이라기보다는 바로 뒤에 나오듯 반항과 소심함 사이의 갈등, 순진과 악으로의 동시적인 이끌림일 것이다.
36) 반항과 자비가 다 같이 불가능해지자 이제는 사막의 대상처럼 삶을 이끌 수밖에 없다.
37) 범죄의 길, 곧 신성모독, 잔혹, 거짓, 심지어 살해를 모색함.
38) 고된 삶은 노쇠에 이르지 않을 이점이 있고, 멍한 상태는 그 위험을 피하게 해 준다는 뜻일 것이다.
39) "그렇지만, 이 세상에!"는 버려진 상태에서도 완벽을 향한 자신의 충동과 자비의 영속을 확인하는데, 이것이 종교와 무관하다는 것을 드러내려는 배려의 소산이다.
40) 다시 자신의 헌신과 자비에의 충동이 어리석은 짓이라는 냉소가 몰려옴.

41) 1871년 2월 말의 비참했던 파리 여행을 환기.

42) 특히 '붉고 검은 진창'은 랭보의 눈에 비친 현대 도시의 이미지.

43) 계몽 또는 대의명분으로서 반어적인 의미.

44) 상인, 관리, 장군은 백인으로 가장한 흑인이라는 점에서 가짜 흑인이다.

45) 위계질서는 사회체의 가려움이다.

46) 민중은 항거할 능력이 없다. 그들은 착취당하게 되어 있다. 그래서 랭보는
    유럽 탈출을 꿈꾼다.

47) 노아의 둘째 아들로서 가나안인, 누비아인, 이디오피아인, 이집트인,
    리비아인, 북아라비아 부족들의 시조이다. 구비전승에 의하면 흑인 민족들의
    아버지.

48) 인간의 언어가 없는 세계로의 침잠을 암시한다.

49) 원시적인 식인 풍습.

50) 문명 이전의 세계는 백인들에 의해 무너진다.

51) 죽음의 완곡어법.

52) 구원되어, 랭보는 자기 친구들을 생각한다.

53) 이전에는 권태 또는 실패나 갖가지 좌절에의 이끌림이 강했다는 점을 함축.
    이것 또한 랭보의 병이다.

54) 앞의 분개, 방탕, 광기를 포괄한다.

55) 현 세계는 더 이상 이들을 원하지 않는다는 뜻. 단지 열등한 군중만을
    원한다.

56) 태양의 운행으로 밤은 새우는데 자지 않고 사색에 잠긴 랭보를 환유.

57) 독은 마치 술처럼 묘사된 '외부의 사악한 힘들'이다.

58) 여기에서 지옥의 밤은 환각들의 밤이라는 점이 드러난다. 그러나 환각을
    유발하는 것이 무엇인지는 모호하다. 적어도 그것은 랭보가 유년 시절부터
    지녀온, 그리고 그가 어찌해 볼 수 없는 심층의 힘에 상응한다.

59) 부지에(Vouziers) 지방의 농부들은 악마를 페르디낭이라고 불렀다.

60) 예수가 물 위로 걷는 광경이 랭보에게 등불과 함께 떠오른 것일까?

61) 이 세 가지는 랭보의 유년기 꿈이었다. 랭보는 우울하게 그것들을 생각한다.
    그때는 사는 것 같았다. 그때는 행복했다.

62) 사라진 것들의 나열.

63) 「마태복음」 25장 1-13절에 나오는 현명한 처녀들과 분별없는 처녀들의
    비유에 이 부분의 출발점이 있다. 그러나 랭보는 이후로 「마태복음」과
    상관없이 악마 같은 남편에 의한 분별없는 처녀의 소유라는 관념을
    발전시킨다.

64) 저주받아 지옥으로 떨어진 분별없는 처녀를 가리킨다.

65) 절망과 죄로 가득 찬 영혼을 함축한다.

66) 다른 분별없는 처녀들. 복음서의 참조가 눈에 띈다. 그러나 곧장 수정된다. 이 부분의 분별없는 처녀의 드라마는 유일한 것이다.

67) 그녀는 '신성한 남편(Divin Epoux)'을 잃었기 때문이다.

68) 랭보의 영혼을 찢는 갈등의 표현. 분별없는 처녀와 지옥의 남편은 영혼의 두 부분일 것이다.

69) 이 대목에서 지옥의 남편은 악의 목소리가 아니라 인간 조건에 대한 거부이며, 그러한 거부가 인생의 패배자들에 대한 깊은 연민으로, 온갖 비참 앞에서의 측은한 마음(惻隱之心)으로 표출된다는 것을 알 수 있다.

70) 랭보에게서 지옥의 남편을, 베를렌에게서 분별없는 처녀를 보는 연구자들이 가장 강력한 논거로 제시하는 구절. 하지만 랭보의 드라마, 랭보 자신이 이해하지 못하는 자신의 일부를 자기 곁에 놓고 보는 자아 양분(兩分)의 시적 표현으로 해석하는 것이 타당할 것이다.

71) 자아의 양분은 계속해서 마치 두 존재가 서로 대면하고 있는 듯이 표현된다. 여기에서 랭보는 자기 안의 두 동반자가 한순간 일치하는 것으로 상상한다.

72) 그러나 이 조화는 지속될 수 없다. 지옥의 남편은 언제나 '저편으로' 가고 싶어 한다.

73) 『지하생활자의 수기』에 나타난 도스토예프스키의 견해와 비슷하다.

74) 반항적인 랭보의 이중적인 측면, 곧 측은지심과 냉소가 병치되어 있다. 지옥의 남편에게서 격분만을 보는 것은 너무 단순하다. 불행한 사람들에 대해 측은한 마음을 갖는 것 역시 반항이다.

75) 프랑스 북쪽의 강.

76) 석양. 헤스페리데스는 그리스 신화에서 서쪽의 사과 동산을 지키는 네 자매.

77) 세례를 받지 못하고 죽은 어린이들의 영혼이 가는 곳.

78) 장군은 다름 아닌 태양이다. 태양이 대지를 폭격한다. 도시는 먼지투성이가 된다. 도랑들이 산화한다. 이것은 샤를빌의 풍경이다.

79) 곤충을 잡아먹는 식물. 사출화(射出花) 또는 혀꽃으로 번역해야 하지만, 좀더 뜻을 분명하게 하기 위해 사출화의 일종인 끈끈이주걱으로 옮겼다.

80) 사해로 들어가는 팔레스티나의 급류.

81) 의미 미상(未詳). 랭보의 조어(말장난)인 듯하다. '지도자(orienteur)'를 이렇게 써 본 것일까? '동방(orient)'과 '탑(tour)'을 합한 '동방의 탑'이란 뜻일까?

82) 필시 이글거리는 태양일 것이다.

83) 세계의 서쪽 끝에 위치한 암흑 세계. 안개로 뒤덮인 곳으로 나날의 태양이

도달하여 죽는 헤스페리데스의 동산과 비슷한 내포를 갖는다.

84) 초고를 참조하면 이 문장의 의미를 쉽게 짐작할 수 있다. 초고에는 "나는 이제 신비적인 도약과 스타일의 기괴함을 증오한다."로 되어 있다. 『지옥에서 보낸 한철』은 이후로도 「불가능한 일(L'Impossible)」, 「번갯불(L'Eclair)」, 「아침(Matin)」이 이어지고 「작별(Adieu)」로 끝이 난다.

85) 나쁘게 끝난 사랑. 대여섯 차례 사랑을 했다는 말인데, 이것이 정말인지는 확인할 수 없다.

86) 거나하고 호기로운 취기도 이것의 한 요소일 것이다.

87) 박물관에서 여자 초상화를 구경했다는 뜻.

88) 고답파 시인들이 모였던 슈아죌(Choiseul) 소로일지도 모른다.

89) 동녘 하늘의 은유.

90) 희미해져 갈 별들.

91) 여기까지 바다를 가르는 배에 관련된 묘사와 땅을 가르는 쟁기날에 관련된 묘사가 세심하게 섞여 있다.

92) 토착민들의 북이다.

93) 예컨대 제국주의 열강의 압제 아래 놓인 인도나 동남아시아의 여러 나라들.

94) 아마 자발적으로 지원했다는 의미일 것이다.

95) 죽음의 뜻.

96) 제국주의 병사의 말로서 민주주의의 이면을 풍자적으로 폭로함.

97) 랭보가 취한 베이므로, 이들은 랭보에게 이런저런 훈계를 하는 사람들 또는 기성세대나 어른들일 것이다.

98) 옷차림이나 다른 여행 물품을 가리킴. 「나의 방랑생활」 참조.

99) 대륙에서 떨어져 나간 반도. 소동의 극치일 것이다.

100) 큰 초롱이나 뱃머리 등불의 뜻이나 어원적인 의미를 살렸다. 취한 배는 등대에 의해 인도되지 않는 것을 유감으로 생각하지 않는다. 그는 오히려 자유롭고 싶어 한다.

101) '취한 배-랭보'의 기본적인 은유 관계에 대한 결정적인 논거.

102) 원래는 '젖빛의 즙을 함유한.' 별들과 은하수가 비친 밤바다 풍경. 그러나 물리적인 반영이 아니라 화학적인 결합의 이미지이다.

103) 이 현재분사의 주어가 바다가 아니라 '취한 배-랭보'라는 점은 접속사 'et'의 위치로 확증된다.

104) 관계부사 'où'의 선행사는 '바다의 시'이다.

105) 취한 배가 랭보의 은유이듯 뗏목은 익사자의 은유.

106) 사랑, 시, 알코올은 푸른 바다의 적갈색 얼룩이다.

107) 뱃머리 장식으로서의 성모상. 흔히 발치에 등불이 놓인다.

108) 표범 가죽의 무늬는 사람의 눈과 비슷한 형태이다.

109) 네오 선장의 해저 목장 풍경을 상기시킴.

110) 랭보의 조어. 'nacré'와 같은 의미일 것이다.

111) 가라앉은 배들을 끌어올려 놓는 곳. 이런 곳이 바다 밑에 있다는 것은 아마 「해저 2만리」와 관계 있을 것이다.

112) '여러 차례 항구를 떠나는 나'라는 의미로 받아들이는 것이 낫다.

113) 부서진 파도 거품을 꽃으로 보고 있다. 앞 연의 "꽃의 거품들"과 동일한 사물을 지칭. 하지만 어둠에 싸여 있다.

114) 새들이 날기에는 너무 높은 하늘.

115) 하늘을 가리킴.

116) 전기력 또는 항공술? 아무튼 진보의 원동력.

117) 이것은 새로운 모험의 희망을 표현한 것이 아니라 자신이 침몰하기를 바란다는 뜻이다.

118) 이를테면 종이배.

119) 쏟아지는 햇빛.

120) 궁전이나 성 또는 학교에서 방문객을 맞이하는 곳.

121) 황야에서 자라는 키 큰 풀.

122) 이제부터 들판에서의 뇌우 장면에서 랭보가 잠기는 전쟁과 격렬함의 이미지들로 넘어간다.

123) 파리 근처의 평원.

124) 뇌우 뒤의 고요함.

125) 삼색기의 색깔들. 유월절의 어린양은 화해의 상징. 이제 미셸-독일과 크리스틴-프랑스를 입 밖에 낼 수 있다. 하지만 곧이어 몽상은 흩어지고, 목가는 끝이 난다.

1854년	아르덴의 샤를빌에서 아르튀르 랭보 출생.
1860년	누이 이자벨 출생.
1865년	랭보의 샤를빌 콜레주 입학.
	1869년 콩쿠르 아카데미크에서 라틴어 시로 상을 받음.
	「고아들의 새해 선물」 씀.
1870년	수사학급 학생. 조르주 이장바르가 그의
	선생이다. 5월 24일, 테오도르 드 방빌(Théodore
	de Banville)에게 몇 편의 시와 함께 편지 보냄.
	첫 번째 가출. 랭보는 8월 31일 북부 역에 도착한다.
	두애에서 그를 인계받은 이장바르는 그를 샤를빌로 데리고
	온다. 열흘 뒤인 10월 7일, 두 번째 가출. 이번에는 도보로
	퓌메, 샤를르르와 브뤼셀을 거쳐 두애까지 간다. 길에서
	「간교한 여자」, 「나의 방랑생활」 등의 시를 씀. 헌병에 의해
	어머니 집으로 끌려옴.
1871년	기차로 파리까지 세 번째 가출.
	랭보는 파리에서 보름 정도 머무른다.
	샤를빌에서 폴 드므니(Paul Demeny)에게 「견자의 편지」 보냄.
	여름에 그는 폴 베를렌에게도 편지를 보내고 9월 말에는
	베를렌과 만남. 5월 이후의 주요한 작품으로는 「취한 배」
	「꽃에 관해 시인이 들은 말」이다.
	파리에서 베를렌, 장 리슈팽(Jean Richepin), 에티엔
	카르자(Étienne Carjat), 카바네(Cabaner), 장 루이 포랭(Jean
	Louis Forain) 등과 교우.
1872년	랭보는 아르덴에 머무르다가 다시 파리에 간다. 봄 동안
	그는 「기억」, 「황금 시대」, 「오월의 깃발」, 「미셸과 크리스틴」
	등 가장 아름다운 시들을 창작한다. 7월에는 베를렌과

함께 파리를 떠나 벨기에로 간다. 9월에 두 사람은 런던에 도착한다. 그러나 랭보는 크리스마스가 다가오자 샤를빌로 돌아온다.

1873년	런던, 로슈에서 「지옥에서 보낸 한철」을 쓰기 시작한다. 랭보는 베를렌과 함께 런던으로 돌아간다. 7월 3일에 베를렌은 브뤼셀로 떠나고, 랭보는 7일 합류한다. 7월 10일, 베를렌이 랭보에게 권총을 쏜다. 베를렌의 감금. 랭보 로슈로 귀환. 그곳에서 「지옥에서 보낸 한철」을 완성한다. 가을에 랭보는 파리에 정착한다.
1874년	봄부터 제르맹 누보(Germain nouveau)와 1년 내내 런던에 체류. 이때 「채색판화집」의 대부분을 썼을 것이다.
1875년	슈투트가르트에서 교사 생활. 베를렌이 5월 초에 그를 보러 오다. 5월에 랭보는 걸어서 이탈리아에 도착한다. 밀라노 체류. 가을에 샤를빌로 귀향. 언어 공부(에스파냐어, 아랍어, 이탈리아어 등)를 계속한다.
1876년	네덜란드 식민지 군대에 입대. 바타비아에 이르러 버려진 뒤 프랑스로 돌아온다.
1878년	키프로스에서 작업장 우두머리로 일한다.
1880년	또다시 키프로스를 거쳐 간다. 그 뒤 홍해의 모든 항구에서 일자리를 찾아다닌다. 11월 아덴에서 비아네 및 바르데(Vianney et Bardey)와 계약. 12월 11일, 하라르 대리점에 도착.
1881년	하라르에서의 장사와 탐험.
1886년	(틀림없이 랭보 모르게) 「채색판화집」(1-37까지)이 《보그》에 발표된다.
1891년	아프리카에서 돌아와 오른쪽 다리가 아파서 마르세유의 수태 병원에 입원한다. 다리 절단. 7월 말에서 8월 23일까지 마지막으로 아르덴에 체류. 마르세유 수태 병원에서 사망.

폴 베를렌이 그린 랭보의 모습
1872년

19세기 프랑스 사진작가 에티엔 카르자가 찍은
랭보의 초상화

착란과 고통, 견자 시론의 이해

김현

랭보 시론의 골자는 "시인이란 모든 감각의 오랜, 거대하면서도 이론적인 뒤틀림에 의해 견자가 된다."라는 그의 편지 한 구절 속에 명백하게 표현되어 있다. 랭보가 시인의 최고 상태를 말로써 표현한 견자라는 어사는 그 이후의 시론에 대단한 영향을 미친다. 랭보는 사물에 대한 상투적인 접근에서 벗어나 모든 감각이 뒤틀렸을 때 보이는 새롭고 놀라운 사물의 현현을 시적 이상으로 삼고, 그러한 상태를 표현하는 자만이 견자라고 생각한다.

랭보의 견자 시론은 두 가지 의미를 갖는다. 하나는 세련된 과장법을 음절 단위의 리듬을 통해 표현하는 것이 전통이 된 프랑스 시에 대한 대담한 반항으로서의 의미이며, 또 하나는 기독교 정신에 기반을 둔 유럽 문명 자체에 대한 문학적 혹은 직관적 회의로서의 의미이다. 그 두 가지 의미가 하나의 운동으로서 행동화된 것은 초현실주의 운동에 의해서이다. 랭보를 통해 프랑스 시는 놀람과 경악 그리고 문명과 그것을 지탱하는 중산계급에 대한 조롱을 맛보게 된다.

랭보는 수수께끼와도 같은 삶을 산 시인 중 하나다. 그에 관한 논란 중에서 지금까지도 되풀이되고 있는 것은 그의 『채색판화집』의 제작 연도이다. 영국의 랭보 연구가들은 대부분 그것이 그와 베를렌이 런던에 머물러 있던 1872~1873년에 쓰인 것이라고 생각하고 있으며, 프랑스 쪽에서는 그것이 1874~1875년에 쓰였다고 주장하고 있다. 그것은 결국 『지옥에서 보낸 한철』보다 『채색판화집』이 먼저 쓰인 것인가 나중에 쓰인 것인가에 대한 싸움이다.

영국계 연구가들은 랭보의 친구인 들라예(E. Delahaye)와 그의 매부인 베리숑(P. Berrichon)의 증언, 그리고 1871~1872년에 그가 심취하고 있었던 견자 시론의 표현인 『채색판화집』이 『지옥에서 보낸 한철』보다 늦게 쓰였다면, 『지옥에서 보낸 한철』의 「착란II: 언어의 연금술」에 나오는 견자시론과 그 이전에 쓰인 시들에 대한 조롱을 이해하기 힘들게 된다는 비평가들의 일치된 의견에 그 기반을 두고 있다.

그러나 들라예는 『채색판화집』의 원고를 보지 못했고, 시인이 죽은 후에 그의 누이동생과 결혼한 베리숑은 아내의 증언을 너무 고지식하게 받아들였다는 약점을 갖고 있다. 그리고 『채색판화집』에는 (1) 1874년에 발간된 플로베르의 「성 앙트완의 유혹」에 대해 암시하고 있는 시편(「젊음 4」)이 있으며, (2) 1875년에야 그가 독일어를 배웠는데, 「새벽」에 폭포를 뜻하는 독일어 'Wasserfall'이 나오고 있으며, (3) 그의 1875년 이후의 대여행을 암시하는 외국 고유명사들이 나오고 있다는 사실, 그리고 『지옥에서 보낸 한철』의 「착란II: 언어의 연금술」에 산문시에 대한 조롱이 보이지 않는다는 사실에 입각하여 프랑스계에서는 『지옥에서 보낸 한철』 이후설을 주장하고 있다.

1949년 『채색판화집』의 주석서를 펴낸 드 부이안 드 라코스트는 그 수고(手稿)를 자세히 검토한 후에 (1) 랭보의 서체 연구 결과 그것이 1872년대의 필체와는 다른 1874~1875년경의 필체이며, (2) 그 수고 위에 제르멩 누보의 글씨가 두 번 나오는데 랭보와 누보가 알게 된 것은 1874년이라는 사실을 들어 그것이 『지옥에서 보낸 한철』 이후에 쓰인 것이라는 결론을 내리고 있다.

랭보가 노동자들에게 형제애를 느끼기 시작한 것은 그의 두 번째 가출 때부터이다. 그는 당시 돈 없이 파리에서 두 주를 보냈는데, 그 체험은 그로 하여금 부르주아 문명을 조롱케 한다. 그래서 그는 황제를 조롱하고(「시저의 분노」), 전쟁에서 죽은 자를 애도하고(「계곡에서 자는 자」), 기독교 문명을 저주한다.

실패담의 미학

황현산

랭보는 우리에게 낯선 시인이 아니다. 오히려 보들레르나 푸시킨 못지않게 친숙한 시인이며, 한국 현대시에 끼친 그 영향도 적지 않다. 랭보를 뒤따라 자신을 견자 또는 투시자라고 부르는 시인이 한둘에 그치지 않았거니와 식민지 시대부터 지금까지, 이른바 모더니즘에 이론의 터를 둔 시들 가운데는 직접적이든 간접적이든 랭보의 효과를 말하지 않고 설명하기 어려운 시들이 많다.

그러나 랭보는 한국에서 '운'이 좋은 것은 아니었다. 1963년에 발간되어 한국시에 지대한 영향을 미친 송욱의 『시학평전』은 400쪽이 넘는 그 지면의 절반 이상을 프랑스 상징주의에 바쳤지만, 기이하게도 랭보에 관해서는 단 한 번도 거론하지 않았다. 전후의 갈피 없는 시대를 살았던 송욱이 보기에 한국시에 필요한 것은 말라르메나 발레리에게서 발견되는 명증한 의식과 엄정한 질서였을 뿐, 랭보의 열정과 혼란이 아니었기 때문이다.

송욱의 염려를 헛된 것이었다고 할 수는 없다. 우리에게서 랭보는 그때부터 지금까지 자주 시의 정체성을 어지럽히는 혼란의 방패막이로 사용된 것이 사실이었다. 번역의 관점에서도 랭보는 운이 사나웠다. 서양 시인치고 드물게 전집이 발간된 시인이지만, 그 전집에서나 다른 여러 선집에서나 그의 작품의 번역은 거의 모두 나쁜 번역의 사례가 되기 알맞았다. 그래서 랭보라는 이름을 지닌 영감의 자원은 자주 이용되었음에도 불구하고 충분히 이용되지 못했다.

랭보의 생애에 관해서라면 이런저런 사실들이 알려져야 할 만큼은 알려져 있다. 그는 1854년 프랑스의 소읍 샤를빌에서 군인 아버지와 농부 어머니 사이에서 태어나 1891년 마르세유에서 죽었다. 그는 여덟 살 때부터 시를 쓰기 시작했다는 신동이었고, 스무 살에 시 쓰기를 그만둔 반항아였다. 투시자가 될 수 있는 힘과 길을 발견하기 위해 마약과 술을 비롯한 온갖 종류의 방탕에 몸을 바치며 동성애의 짝패 베를렌(Paul Verlaine, 1844-1896)과 함께 벨기에와 영국을 방황했다. 북유럽과 남유럽을 걸어서 주유했고, 네덜란드 식민지 부대의 용병이 되었다가 배를 타고 인도네시아 자바에까지 발을 딛고 탈영했다. 벌써 문학과 인연을 끊은 랭보는 북아프리카에서 무기 장사와 상아 무역에 투신했으며 병든 몸으로 프랑스에 돌아와 골수암에 걸린 오른쪽 다리를 잘랐다. 그리고 죽음이 찾아왔고, 광기의 시인, 천재 시인의 신화가 열렸다.

랭보가 자기 손으로 출판한 단 한 권의 책이며, 그의 작품으로 유일한 완성본인 『지옥에서 보낸 한철』은 베를렌과의 '이상한 부부' 관계가 결정적으로 파탄을 맞은 1873년 여름에 쓰여 그해 10월 브뤼셀의 한 인쇄소에 맡겨졌으니, 그의 나이 열아홉 살의 기록이다. 랭보가 이른바 '투시자의 편지' 가운데 하나에서 말하는 것처럼, "괴물 같은 영혼"을 만들어 내기 위해, "모든 감각의 길고 엄청나고 이치에 맞는 착란을 통해 투시자"가 되기 위해, "온갖 형식의 사랑, 고통, 광기"를 투자하여 "스스로를 찾고, 자기 자신 속의 모든 독을 다 써서 그 정수만을 간직"하기 위해 동성애와 과음과 마약 복용 등 온갖 자기 탕진의 길에 빠져들었던 지난 2년의 세월을 그 밑바닥부터 파헤쳐 보려는 이 숙고된 자서전은 문학에 대한 모든 환상과 그 좌절에 대한 이야기이며, 또한 이제는 불가능해진 시법에 대한 명철한 증언이다.

그날들은 빛나고 아름답기도 했다. "오 행복이여, 오 이성이여,

나는 하늘로부터 거무스름한 푸른빛을 떼어 놓았다. 그리고 나는
자연의 빛 그 황금 불티가 되어 살았다." 그러나 랭보가 그 시절의
어떤 빛을 말한다 하더라도, 그것은 일차적으로 지난 시절 자신의
모든 광기를 더욱 신랄하게 규탄하고, 그 광기에 굴복해 버린
자신을 가혹하게 책망하기 위해서다. 이 규탄되고 책망받는 2년의
세월로, 머지 않은 뒷날, 현대문학의 한 면모가 바뀔 것임을 그가
미리 알고 있었던 것은 물론 아니다.

  랭보는 잔인하고도 경쾌하며, 즉발적이고 열띤 문체로
이 텍스트를 썼지만, 줄곧 명증한 의식의 검열을 거친 문장
하나하나에는 영감이 가득 차 있고, 그 구조는 확고하고
의도적이다. 『지옥에서 보낸 한철』은 총 열 편의 산문 텍스트를
담고 있으며, 그 전체는 한 권의 산문 시집 내지 시적 콩트집을
구성한다.
  "지난날에, 이 기억이 확실하다면"으로 시작하는 제목 없는
짧은 글은 이 텍스트 전체의 서문으로 구실한다. 이 서문은
앞으로 전개될 글이 미학적 열망에서건 윤리적 갈등에서건
자신의 불만스러운 현실에서 절대적인 탈출을 시도한 나머지
지옥 생활을 체험해야 했던 한 젊은이의 고백임을 알리고, 그
서술이 "묘사력 내지 교훈적 능력"에 치중하지 않을 것임을
암시한다.
  「나쁜 피」는 화자의 지옥 체험이 시작되기까지의 전사이지만,
그 안에서는 벌써 그를 필연적으로 지옥으로 끌고 들어갈
요소들이 활동을 시작하고 있다. 그는 자기 조상들이 영위했을
비천한 삶의 현대적 연장일 뿐인 자신의 존재를 탈피하여,
영예로운 직업을 발견해 내고 진정한 삶을 구축하려 하지만 그
길은 무망하다. 환경 전환의 여행을 꿈꿀 수는 있지만 그것은
진정한 의미에서 삶의 쇄신이기보다는 포기에 가깝다. 현실에
대한 직접적인 대결의 한 징표로서 "완악한 도형수"의 열정을

간직한 채, 비유적으로건 실제 행동으로건 "함의 자손"이라는
말로 표현되는 원시 부족들의 세계에 들어가 새로운 왕국을
창립하고 순결한 삶을 건설할 수는 없을까. 그러나 몽상 속에서도
명철한 랭보는 이 원시 왕국의 패러다임이 기독교와 서구문명의
패러다임과 부딪힐 때 그 본모습인 창백한 식민지의 얼굴이
더욱 명확하게 드러나리라는 것을 결코 모르지 않는다. 어떤
선택으로도 열등한 혈통의 저주를 떨쳐 버릴 수 없으며, 죽음이나
다름없는 무기력 속에서 공포에 눈 감고 살아가는 "프랑스식
삶"을 벗어날 수 없다. 죽음과 같은 삶을 살 바에는 차라리
죽음을 선택하는 것이 낫지 않을까. 그는 반란자들의 전투에서
총구 앞에 가슴을 들이밀고 말발굽 아래 몸을 내던지는 상징적
죽음을 선택함으로써 프랑스의 안정된 삶에 공포의 "명예"를
도입한다. 그러나 또한 살아 있는 몸으로 지옥의 불길을 체험하는
"지옥의 한철"이 거기서부터 시작된다.

그래서 이어지는 글이 「지옥의 밤」이다. 지옥 본편 1부에
해당하는 이 텍스트는 랭보가 한 모금 독액의 힘으로, 또는
방탕과 마약의 힘으로 들어갔을 그 지옥의 풍경과 속성을, 그에
대한 희망과 좌절을 그 내부에서 포괄적으로 서술한다. 랭보는 이
지옥에서 "수백만 개의 매혹적인 인간들, 감미로운 영성 음악회,
권세와 평화, 고귀한 야망들"을, 다시 말해 "구원"을 보았다.
그러나 이 시상(視像)이 그의 삶을 진정으로 구원해 주지는
않는다. 그의 삶은 그가 원하건 원하지 않건 간에 기독교의
교리문답과 연결되어 있으며, 이 교리문답은 랭보의 문학적
지옥을 매 순간 기독교적 지옥으로 환원해 버린다. 결국 지옥의
삶은 현실 생활의 연장에 불과하다.
또 다른 측면의 불행이 있다. 랭보가 지옥에서 얼핏 본
아름다운 정경들과 그 "감미로운" 분위기는 "찬송을 허용치"
않는다. 다시 말해서 그 환상의 영성은 창조적 이행으로 이어지지

않는다. "고귀한 야망"이 시 쓰기로 실천되기 위해서는 시인이 다시 삶 속으로 내려와야 한다. "그러니 또다시 삶이로구나!" 화자인 랭보는 마술사를 자칭하고 구원자를 흉내 내면서 초자연적인 능력을 확보하려 하지만, 그 결과가 헛되리라는 것을 그 자신이 먼저 알고 있다. 지옥은 지옥일 뿐이다. "영벌받은 놈과 함께 불은 다시 솟아오른다."

지옥 본편 2부에 해당하는 「착란 I: 어리석은 처녀」는 이 문학적 지옥을 인간관계의 측면에서 고찰하고 탄핵한다. 이 지옥에는 여자와 그 남편이 있으며, 이 두 사람의 야릇한 관계가 지옥의 고통을 만든다. 텍스트의 화자인 우둔하고 자기 연민에 빠져 있는 처녀와 잔인하면서도 신비롭고 우아한 남편을 각기 베를렌과 랭보로 해석해야 할 이유는 적지 않다. 실제로 지옥 시절인 문제의 2년 동안 두 사람의 처지와 면모가 그와 같았다. 파리와 벨기에에서 영국으로, 영국에서 다시 대륙으로 이어지는 동성애 부부 생활 내내 베를렌과 랭보는 모두 문학에 거는 자신들의 기대와 야망을 상대에게 투사하였다. 그 덕분에 두 사람은 고독하지만 강력하고 매혹적인 문학적 결사 하나를 구성해 낼 수 있었다.

그러나 이 외로운 사회는 곧바로 물질적 결핍에 봉착했고, 이 생활고는 최초에 문학적 인도자와 시의 천사로 만났던 두 사람을 무능한 어른과 작은 악마로 변질시켰다. 환상이 결부돼 있는 애정은 쉽게 부패하고, 그 결과는 문학적 지옥에 대한 환멸로 이어졌다. 그러나 텍스트 속에서 서로 거울 노릇을 하는 두 사람은 한 사람의 다른 모습이기도 하다. 자신의 힘과 재능으로 새롭게 창조되어야 할 세계를 향해 가차 없이 투쟁하는 씩씩한 랭보가 잔인하고 우아한 악마-남편으로 표현된다면, 현실을 원망하고 다른 힘에 의존하려는 우둔한 처녀는 벌써 생존의 발판을 걱정하고 암울한 미래를 염려하는 허약한 랭보에

해당한다. 현실의 일상적 조건으로부터 탈출하기 위해 창조의
열망을 불태우는 사람으로서는 그 현실로부터 아무런 후원도
기대하지 않아야 한다는 것이 그 열망의 불행이다. 그 지점에서
문학 지옥은 현실 지옥과 겹친다.

　그러나 또 다른 관점에서 본다면, 랭보와 베를렌의 관계는,
또는 강한 랭보와 약한 랭보의 관계는 랭보와 문학의 관계로
환원된다. 자신의 조숙한 재능에 대한 랭보의 자각은 그에게
평범한 삶을 허락하지 않았다. 비단 옷을 입고 짐을 질 수는
없는 것처럼 그는 농사를 지을 수도 없고 사무원이 될 수도
없었다. 그는 비범한 삶을 추구했고 문학과 결혼했다. 그가
결혼한 지옥 남편과 결혼해야 할 거룩한 남편은 처음부터 다른
것이 아니었다. 그것은 최초에 한 문학청년이 자신을 헌신하고
그 보상으로 구원을 얻을 수 있는 절대적 목표였으며, 그 종교적
성스러움을 담보한 것으로 여겨졌던 문학이었다. 그러나 문학이
육체와 영혼을 한꺼번에 구원해 줄 수 없는 불완전한 힘으로
인식되기 시작하면서, 그가 헌신해야 할 대상은 거룩한 남편과
지옥의 남편으로 분열되었다. 문학-남편은 다정하면서 잔인하고,
아름답고 매혹적이면서도 무능하고 추악하다. "이상한 부부로다!"
사랑과 환멸을 동시에 느껴야 하는 그 관계는 저 동성애 부부
관계 못지않게 이상하다.

　지옥 본편의 마지막 부이면서 이 시집의 핵심 텍스트인 「착란
II: 언어의 연금술」은 지옥의 계절을 살아가는 동안 랭보 자신이
실천한 시 쓰기의 실제 결과에 대한 명민한 비평이자 신랄한
야유이다. 그는 자신이 문학의 기치 아래 하려 했던 일과 하지
못한 일, 할 수 있었던 일과 할 수 없었던 일이 무엇인가를 따지고,
결과적으로 그 모든 것이 왜 아무것도 하지 않은 일로 되어
버렸는지를 고통스럽게 묻는다.

　텍스트의 서술 방식은 독특하다. 그는 1871년과 1872년에

걸쳐 썼던 이른바 '후기 운문시' 가운데 여섯 편을 소개하고, 지문인 산문을 통해 그 시들을 해설한다. 랭보는 스스로 이 시들을 가리켜 습작이라고 말하지만 그 모두가 "어느 날인가는 모든 감각에 이해될 수 있는 시의 언어를 발명하리라."는 자부심 속에서, "현기증을 정착"시킨 결과들이다. "새들에게서, 양 떼들에게서……"로 시작하는 시 「눈물」은 한 소년에게 순결하게 찾아온 서정적 상태를 묘사하고, 이 특이한 순간이 불러온 안타까운 마음과 전율에 대해 말한다. "여름날, 아침 네 시"로 시작하는 「아침의 좋은 생각」은 시적 시상(視像)과 현실의 전망을 일치시키려는 복받치는 희망의 기록이다.

「가장 높은 탑의 노래」는 의식과 무의식이 하나가 되어 시인 자신의 재능이 절대적으로 개화할 시간에 대한 불안한 기다림의 고백이다. 「기아」는 시인 자신의 육체와 물질성 자체가 추상적 관념과 동일한 것으로 바뀔 때까지 자신을 닦달하려는 순교자적 극기 훈련의 기록이다.

"다시 찾았다! / 무엇을"로 시작하는 시 「영원」은 영원의 시간과 세속의 시간이 겹치는 특이한 시간의 각별한 체험에 대한 예찬이자 시적 창조의 노력에 바치는 고통스런 다짐이다. 세속적 시간의 행복과 영원한 시간에 대한 갈망이 빚는 대비는 "오 계절이여, 오 성이여!"로 시작하는 제목 없는 시에서도 반복된다. 영원한 것에 대한 시적 예감은 이승의 삶에 대한 상처가 되어 돌아오며, 랭보가 이들 시를 부인해야 할 이유도 거기 있다. 그러나 부인의 말을 담은 명철한 산문 때문에 이들 시는 오히려 댓돌에 부딪혀 깨어지는 옥구슬 같은 아름다움을 누린다고 말해야 할 것이다.

세 개의 부로 마무리되는 이 지옥 본편에 부록처럼 붙어 있는 네 편의 산문시는 이 장엄한 실패담에 대한 보충 설명이자 새로운 사상과 새로운 시법에 대한 모색의 기록이다. 「불가능」은 어떻게

시인 자신과 유럽의 문명사회가 불화할 수밖에 없었는가를
말함으로써 「나쁜 피」에서 표명했던 자신의 입장을 옹호한다.
「섬광」은 노동을 예찬하지만 그 노동이 시인 자신에게서는
반항으로 귀결될 수밖에 없었던 이유를 논리 필연적으로
설파한다. 「아침」에서 시인은 자신의 시가 누려야 할 창조적
승리의 자리에 "인민"과 "노예"의 정치적 승리의 자리를 겹쳐
놓으며, "새로운 노동"의 탄생을 전망한다.

　「고별」은 문학 그 자체에 대한 고별이기보다는 지옥의 계절과
지옥의 시법에 대한 고별이다. 그는 "하나의 영혼과 하나의 육체
속에 진리를 소유하는 일", 다시 말해 영혼의 구원이 육체적
행복으로 통할 수 있는 진리의 발견을 지옥의 계절에서 얻어 낸
자신의 수확으로 인정하며, 어쩔 수 없기 때문에라도 현실을
끌어안을 결심을 말한다. 그러나 랭보가 문학과 결별하고
북아프리카의 모험가가 되었을 때 그가 끌어안은 것은 현실도
초현실도 아닌 현실의 과잉이었다.

　랭보의 『지옥에서 보낸 한철』은 저 장엄한 시적 모험의
후일담이자 실패담이다. 그러나 이 실패는 반드시 그가
도달하려고 했던 세계의 허망함만을 말하는 것이 아니다. 도리어
이 명철한 실패담이 그 세계를 낭만적 환상으로부터 구한다. 그
세계가 존재하건 존재하지 않건 간에 그 세계를 추구했던 사람의
현실은 엄연히 여기 존재한다. 실패의 사실성이 그 알 수 없는
세계의 사실성을 담보한다.

　『지옥에서 보낸 한철』의 현재적 의의도 거기 있다고 해야겠다.
후대의 문학이 이 어린 시인에게 기대하는 것은 심오하고 체계
잡힌 철학이나 위용을 뽐내는 대작이 아니다. 중요한 것은 존재가
그 존재 됨을 완전하게 누리고 몸과 마음 사이에 분열의 벽이
사라진, 진정한 생명의 저쪽 기슭과 이 거친 현실을 연결하기
위해 늘 다시 순결한 젊은이들을 모집하는 저 영원한 문학적 현상
그것이다.

세계시인선 8   지옥에서 보낸 한철

1판 1쇄 펴냄 1974년 5월 15일
1판 18쇄 펴냄 1991년 10월 30일
2판 1쇄 펴냄 1994년 7월 15일
2판 25쇄 펴냄 2015년 4월 17일
3판 1쇄 펴냄 2016년 5월 19일
3판 10쇄 펴냄 2024년 5월 29일

지은이   아르튀르 랭보
옮긴이   김현
발행인   박근섭, 박상준
펴낸곳   (주)민음사

출판등록 1966. 5. 19. (제16-490호)
주소   서울시 강남구 도산대로1길 62
          강남출판문화센터 5층 (06027)
대표전화 02-515-2000   팩시밀리 02-515-2007

www.minumsa.com

ⓒ (주)민음사, 1974, 1994, 2016. Printed in Seoul, Korea

ISBN 978-89-374-7508-5 (04800)
      978-89-374-7500-9 (세트)

* 잘못 만들어진 책은 구입처에서 교환해 드립니다.